MOEWIG
ROMAN

Barbara Cartland

Alwina, Engel meines Herzens

MOEWIG

MOEWIG Band Nr. 2367
Moewig Taschenbuchverlag Rastatt

Titel der Originalausgabe: A Duke In Danger
Aus dem Englischen von Elisabeth Simon

Umschlagillustration: Three Lions
Umschlagentwurf und -gestaltung: Franz Wöllzenmüller, München
Verkaufspreis inkl. gesetzl. Mehrwertsteuer
Auslieferung in Österreich:
Pressegroßvertrieb Salzburg, Niederalm 300, A-5081 Anif
Printed in Germany 1986
Druck und Bindung: Elsnerdruck, Berlin
ISBN 3-8118-2367-1

1
1818

Herzog Ivar von Harlington sah sich voll Zufriedenheit um. Sein Stadtpalais am Berkeley Square war in tadellosem Zustand. Die Portraits seiner Vorfahren in der Halle erfüllten ihn mit Stolz.

Die Sammlung französischer Meister, von einem der vorhergehenden Herzöge zusammengetragen, hatte er vor dem Krieg gegen Napoleon nie richtig zu schätzen gewußt. Jetzt jedoch, nach seinem dreijährigen Aufenthalt in Frankreich, sah er sie mit völlig anderen Augen.

Der Herzog war ein intelligenter, selbstkritischer Mann und wußte sehr wohl, daß das Leben auf dem Kontinent seinen Horizont erweitert und er sich Wissen über Dinge angeeignet hatte, denen er vorher mit Gleichgültigkeit begegnet war.

Er war ein großer, besonders gutaussehender Mann, der den Offizier – auch wenn er es gewollt hätte – nicht verleugnen konnte. Sein Gang war aufrecht, sein Blick gerade und nüchtern.

Die Frauen, denen er mehr als zugetan war, pflegten zu bemerken, daß sein Hang, den Dingen auf den Grund zu gehen, ungewöhnlich sei und nur mit Enttäuschungen enden könne.

Er hatte sich nie die Mühe gemacht, derlei Bemerkungen eingehender zu überdenken, denn das Leben hatte ihn gelehrt, Menschen, gleich ob Mann oder Frau, nicht nach ihrer Erscheinung, ihrem Stand oder Amt zu beurteilen, sondern ausschließlich nach ihrem Charakter und ihrer Persönlichkeit.

Seine einflußreiche Position in Wellingtons Heer verdankte er einzig und allein diesem Urteilsvermögen. Er besaß nicht nur Führungstalent, wie jemand einmal gesagt hatte, sondern besaß jene magnetischen Kräfte, die große Männer auszeichnen.

Sprach man ihn auf dieses Talent an, lachte er. Da er nicht im mindesten eingebildet war, konnte er nur hoffen, daß Wertschätzungen dieser Art keine leeren Komplimente waren.

Während er jetzt vom Salon in die Bibliothek ging, schätzte er sich glücklich. Er schien zu den wenigen Menschen zu gehören, die vom Schicksal begünstigt wurden.

Er hatte die strapaziösen Jahre in Portugal, Spanien und Südfrankreich unangefochten überlebt, und war ohne einen Kratzer aus der Schlacht von Waterloo hervorgegangen, während viele seiner Freunde und Altersgenossen an seiner Seite gefallen waren.

Nicht nur Großbritannien, sondern ganz Europa war durch die Freiheitskriege aus dem Gleichgewicht geraten.

So unglaublich es scheinen mochte, die unruhigen Zeiten waren vorbei, Waterloo lag drei Jahre zurück, und die Besatzungstruppen wurden aus Frankreich abgezogen.

Nach all den dramatischen Verhandlungen, dem Tauziehen der Verbündeten, den getroffenen Abkommen, konnte es der Herzog kaum glauben, daß er nun ein freier Mensch war.

Der Kongreß in Aachen stand noch aus. Er sollte im Oktober stattfinden. Dessen ungeachtet mußte der letzte britische Soldat bis zum dreißigsten November französischen Boden verlassen haben.

Wellington hatte den Herzog, wenn auch widerstrebend, schon zu Beginn des Sommers ziehen lassen, und dieser mußte sich nun seinen persönlichen Problemen zuwenden.

Bei seiner Rückkehr ein perfekt geführtes Stadtpalais vorzufinden, war eine angenehme Überraschung gewesen. Er hatte einen seiner Adjutanten, einen außerordentlich verläßlichen Mann mit der Kunde seiner Ankunft vorausgeschickt und beabsichtigte zumindest so lange zu bleiben, bis er dem Prinzregenten und dem König – falls es die Gesundheit seiner Majestät zuließ – seine Aufwartung gemacht hatte.

Nach so vielen Jahren Abwesenheit war es merkwürdig, wieder in England zu sein, besonders deshalb, weil sich seine gesellschaftliche Stellung grundlegend geändert hatte.

Als Ivar Harling und einer der jüngsten Obristen des britischen Heers hatte er England verlassen und trotz der schweren Zeiten an vielem, was leider meistens seine finanziellen Möglichkeiten überstiegen hatte, Gefallen gefunden.

Als Herzog von Harlington war er zurückgekehrt. Er war inzwischen nicht nur Mitglied des Hochadels und mußte den mit seinem ererbten Titel verbundenen Pflichten nachgehen, sondern ein extrem wohlhabender Mann.

Bei den Unterlagen, die ihm in Paris von den Bankiers des verstorbenen Herzogs überreicht worden waren, hatte sich sowohl eine Liste der Besitztümer befunden, die er nun sein eigen nannte, als auch eine Aufstellung der Konten, die auf seinen Namen liefen.

Sein Erbe schien grenzenlos zu sein. Da ihn Wellington jedoch gebraucht hatte, hatte es der neue Herzog nicht sofort angetreten, sondern weiterhin seinem Vaterland gedient.

Jetzt stand er in der Bibliothek und betrachtete die Rücken der ledergebundenen Bücher in den Regalen, die an drei Wänden bis zur Decke reichten. An der vierten Wand hingen über dem Kamin kolorierte Kupferstiche, auf denen Jagdszenen abgebildet waren.

Ein ältlicher Butler kam herein, gefolgt von einem Diener mit einem Silbertablett, auf dem ein Sektkübel stand, in dem das Familienwappen eingraviert war.

Als ihm ein Glas Champagner offeriert wurde, bemerkte der Herzog, daß die Livrée des Dieners schlecht gebügelt war und zu wünschen übrig ließ.

Er konnte sich nur mit Mühe zurückhalten, dem jungen Mann zu sagen, daß er in Zukunft mehr auf sein Äußeres zu achten habe.

Als dieser das Tablett auf einem Beistelltischchen abgestellt hatte, zog er sich zurück, während der Butler von einem Fuß auf den anderen trat und noch blieb.

„Gibt es noch etwas?“ fragte der Herzog. „Wenn ich mich recht erinnere, heißen Sie Bateson, oder?“

„Ja, Euer Gnaden. Bateson. Ich hoffe, Euer Gnaden haben alles zu Ihrer Zufriedenheit vorgefunden. Wir hatten nur drei Tage Zeit, Euer Gnaden Ankunft vorzubereiten. Das Haus war während der letzten sechs Jahre unbewohnt."

„Zu meiner vollsten Zufriedenheit, Bateson", erklärte der Herzog lächelnd. „Ich war erstaunt, wie gepflegt alles aussieht."

„Wir haben uns die größte Mühe gegeben, Euer Gnaden. Ich habe mir erlaubt, einige Frauen einzustellen, um die Räume herrichten zu lassen, von denen ich annahm, daß Euer Gnaden sie zu benutzen wünschen, aber es muß noch eine Menge getan werden."

„Da der verstorbene Herzog in den letzten Jahren seines Lebens so krank gewesen und nicht mehr nach London gekommen ist, hatten Sie das Personal auf ein Mindestmaß reduziert, nehme ich an."

„Nur meine Frau und ich waren noch da, Euer Gnaden", sagte der Butler.

„Tatsächlich?" Der Herzog schüttelte erstaunt den Kopf. „Ein so großes Haus braucht einen ganzen Stab von Angestellten. Jedenfalls war alles in einem Zustand, wie ich ihn vorzufinden gehofft hatte, Bateson."

„Das freut mich, Euer Gnaden", entgegnete der Butler. „Wenn Euer Gnaden mir gestatten, das Personal auf den entsprechenden Stand zu bringen, wird bald alles wieder so sein wie in guten alten Zeiten."

„Aber natürlich, Bateson."

Die Worte des alten Butler rangen dem Herzog ein Lächeln ab. ‚Die guten alten Zeiten' wurden in diplomatischen und politischen Kreisen vielfach bewitzelt und er war überzeugt davon, daß unter den Dienstboten und Hausangestellten so manche sehnsüchtige Bemerkung darüber fiel.

In jedem Land, und er hatte eine ganze Reihe von Ländern durchzogen, waren die guten alten Zeiten in aller Munde. Man verglich sie mit der Gegenwart und hob sie in den Himmel.

Der Butler schien zu merken, daß der Herzog mit eigenen Gedanken beschäftigt war und das Gespräch nicht fortführen wollte.

„Das Lunch wird bald serviert werden, Euer Gnaden", sagte er daher. „Ich hoffe, es wird den Vorstellungen und Ansprüchen Euer Gnaden entsprechen."

Damit zog er sich zurück, während der Herzog überlegte, wie alt der Mann sein mochte, der fast unterwürfig darauf erpicht zu sein schien, ihn zufriedenzustellen.

Er erinnerte sich daran, daß es Bateson schon gegeben hatte, als er zum erstenmal mit seinem Vater in dieses Haus gekommen war. Von sechs strammen Dienern flankiert, hatte er die Gäste in der Halle empfangen.

Es schien eine Ewigkeit her zu sein.

Butler Bateson war schätzungsweise Mitte sechzig. Er war sein ganzes Leben lang in herzoglichem Dienst gestanden und wollte offensichtlich weder die Stellung wechseln, noch frühzeitig in den Ruhestand gehen müssen.

Die Arbeitslosigkeit war derzeit groß, und ein Mann seines Alters hatte kaum Aussichten, etwas zu finden. Die Tatsache, daß die Besatzungstruppen aus Frankreich zurückgezogen und aus dem Heer entlassen wurden, versprach die Situation noch zu verschlechtern.

Als Wellington bekannt gegeben hatte, daß er sein

Truppenkontingent um dreißigtausend Mann zu verringern gedachte, waren die Wellen hochgeschlagen.

Da Ivar Harlington jedoch über die nötigen Mittel verfügte, brauchte er keine Leute zu entlassen – im Gegenteil. Jedes Haus, das er besaß, sollte mit dem entsprechenden Personal bestückt sein.

Während des vorzüglichen Mittagessens, das ihm von Bateson und zwei Dienern serviert wurde, beschloß er, als erstes seinen neuen Stammsitz in Bukkinghamshire zu besuchen.

Seit zwei Jahren bereits war er Besitzer von Schloß Harlington, aber der Gedanke, der fünfte Herzog von Harlington zu sein, befremdete ihn immer noch.

Obwohl er von klein auf stolz darauf gewesen war, zu einer Familie zu gehören, die seit den Kreuzzügen entscheidend an der Geschichte Englands mitgewirkt hatte, hätte er nicht in seinen kühnsten Träumen zu hoffen gewagt, an der Spitze des Herzogtums zu stehen.

Er hatte nur zu gut bewußt, daß sein Stand innerhalb der Familie der Harlingtons von geringer Bedeutung war. War doch sein Vater lediglich ein Cousin des vorherigen Herzogs gewesen und er selbst in der Erbfolge an dritter Stelle.

Die Freiheitskriege hatten viel Kummer und Leid gebracht. Ganz Europa hatte darunter gelitten, und auch der vorhergehende Herzog hatte seinen einzigen Sohn Richard in der Schlacht von Waterloo verloren.

Ivar Harling hatte ihn noch kurz vor seinem Tod getroffen und mußte oft daran denken, wie zuversichtlich er gewesen war.

„Wenn wir diesmal die Franzmänner nicht endgültig

schlagen“, hatte er gesagt, „dauert der Krieg noch fünf Jahre.“

„Meinst du?“ hatte Ivar Harling entgegnet.

„Ich bin bereit, eine Kiste Champagner zu verwetten.“

„Meinetwegen – abgemacht. Hoffentlich verliere ich.“

„Es wäre wirklich zu hoffen“, hatte Richard lachend gesagt. „Aber einmal im Ernst, Ivar – wie stehen unsere Chancen?“

„Wenn uns die Preußen rechtzeitig zuhilfe kommen, ausgezeichnet.“

Die Preußen waren tatsächlich unter Führung von Graf Gneisenau rechtzeitig zuhilfe gekommen und hatten entscheidend in die Schlacht eingegriffen, aber Richard Harlington war es nicht vergönnt gewesen, mit seinen Kameraden den Sieg zu feiern.

Nach dem Essen wirkte das Haus wie ausgestorben.

Daran gewöhnt, ständig von Menschen umgeben zu sein, empfand der Herzog die plötzliche Stille unangenehm hörbar. In Wellingtons Hauptquartier in Paris war es gewöhnlich zugegangen wie in einem Taubenschlag: Staatsmänner hatten sich die Türklinke in die Hand gegeben, Tag und Nacht waren Befehle ausgegeben worden, Beschwerden hatten angehört, Anträge erwogen und Berichte geprüft werden müssen.

Dazu Gesellschaften, Empfänge, Bälle und natürlich endlose Verhandlungen, bei denen viel geredet und oft wenig erreicht worden war.

Allerdings hatte es auch verlockende Stunden gegeben, voller Leidenschaft und Zärtlichkeit.

Die Frauen hatten den jungen General angebetet. Als vor einem Jahr bekannt geworden war, daß er den Titel des Herzogs und die damit verbundenen Ländereien geerbt hatte, hatten sie ihm zu Füßen gelegen.

Er war, wie man zu sagen pflegte, zur höchst ‚begehrenswerten Partie' geworden.

Aber auch bereits verheiratete Frauen, attraktive elegante Damen der Gesellschaft, hatten um seine Gunst gebuhlt und ihn zum Liebhaber zu machen versucht.

Kriegshelden standen hoch im Kurs, an erster Stelle natürlich der Herzog von Wellington. Wer es nicht geschafft hatte, ihn zu umgarnen, hatte den ganzen Charme auf den frischgebackenen Herzog von Harlington konzentriert.

So manches Mal hatte er es sich bei der Flut von Komplimenten, mit denen man ihn überhäufte, nicht verkneifen können, zynisch zu lächeln.

Major Gerald Chertson, sein bester Freund, hatte während eines gemeinsamen Ritts das ausgesprochen, was ihm selbst schon durch den Kopf gegangen war.

„Sobald du wieder zu Hause bist, Ivar", hatte er gesagt, „wirst du wohl oder übel heiraten müssen."

„Wieso denn das?" hatte der Herzog gefragt.

„Weil du einen Erben haben mußt", hatte der Major geantwortet. „Als Herzog bist du dazu verpflichtet. Außerdem mußt du verhindern, daß Jason Harling, dein höchst unerfreulicher Vetter, erreicht, was er anstrebt."

„Nämlich?"

„Dein Nachfolger zu werden."

„Das ist doch nicht dein Ernst!"

„O doch!“ hatte Gerald Chertson entgegnet. „Jason Harling spricht von nichts anderem. Er erzählt es ganz Paris.“

„Ich wäre nie auf den Gedanken gekommen, aber vielleicht hast du recht. Vielleicht hat er es tatsächlich auf den Titel abgesehen.“

Richard Harling war nicht der einzige der Familie gewesen, der bei Waterloo das Leben hatte lassen müssen. Ein weiterer Cousin – der Sohn des jüngeren Bruders des verstorbenen Herzogs – war in jener Schlacht gefallen.

Hätte Ivars Vater noch gelebt, wäre der Titel vor einem Jahr an ihn gefallen. Das Schicksal hatte es jedoch anders gewollt und ihn zum fünften Herzog auserkoren.

Der von Gerald erwähnte Jason entstammte einem entfernteren Zweig der Familie und war ein Mensch, dessen sich der Herzog schämte.

Während der Kriegsjahre waren sie sich zur großen Erleichterung des Herzogs nie begegnet. Schon allein deshalb nicht, weil Jason sich nicht gescheut hatte, alle nur erdenklichen Hebel in Bewegung zu setzen, um einen sicheren und bequemen Posten abseits der Schlachtfelder zu bekommen.

Er hatte es fertiggebracht, Adjutant eines Schreibtischgenerals zu werden, der abgewartet hatte, bis die Franzosen besiegt waren und erst dann England verlassen hatte und nach Paris gekommen war.

Die Art und Weise, mit der sich Jason bei denen anbiederte, die Macht und Einfluß hatten, war schlicht abstoßend, garantierte ihm aber ein äußerst angenehmes Leben.

Er bewegte sich in den besten Kreisen und ließ keine Gelegenheit ungenutzt, zu seinem Vorteil zu kommen.

Es wurde gemunkelt, daß Jason sogar Bestechungsgelder annahm, doch der Herzog hatte diesbezügliche Gerüchte prinzipiell ignoriert. Was sein entfernter Cousin tat, war schließlich nicht seine Angelegenheit.

Jetzt allerdings, als Familienoberhaupt, konnte er nicht mehr über Jason und dessen Machenschaften hinwegsehen, denn Jason war sein Erbe, sollte er keinen Sohn zeugen.

„Der einzige Grund", hatte er zu seinem Freund Gerald gesagt, „der mich zu einer Heirat veranlassen könnte, ist die Aussicht, meinem Cousin die Suppe gründlich zu versalzen. Falls er tatsächlich Hoffnungen hegt, mein Erbe anzutreten, werde ich alles tun, diese Hoffnungen zu zerstören."

„Ich habe mir erzählen lassen, daß er sich ordentliche Summen geborgt hat, um für alle Fälle gerüstet zu sein."

„Tut mir leid, Gerald, das kann ich nicht glauben!" hatte sich der Herzog entsetzt. „Es kann doch kein Mensch so dumm sein, daß er auf das Vabanquespiel eines Jason Harling eingeht, der auf die Möglichkeit setzt, ich könne keinen Erben zeugen."

„Da täuschst du dich, Ivar", hatte Gerald entgegnet. „Bei den entsprechenden Zinsen ist sogar mancher bereit, auf dieses Vabanquespiel einzugehen."

„Wer das tut, ist nicht richtig im Kopf. Ich erfreue mich schließlich bester Gesundheit und bin durchaus in der Lage, eine Familie zu gründen. Eine sehr große sogar."

„Richtig – allerdings unter der Voraussetzung, daß dir nichts zustößt."

Gerald hatte gezögert, ehe er mit der Sprache herausgerückt war.

„Nach Richards Tod bei Waterloo soll Jason um eine beachtliche Summe gewettet haben, daß du den Krieg nicht überlebst."

„Die Wette hat er verloren", hatte der Herzog trokken bemerkt.

„Es ist kaum anzunehmen, daß du beim momentanen Stand der Dinge durch eine französische Kugel stirbst, aber Unfälle gibt es allemal."

Der Herzog hatte den Kopf zurückgeworfen und gelacht.

„Alles was recht ist, Gerald, jetzt erfindest du Gruselgeschichten. Jason ist viel zu feige für einen Mord. Außerdem gehört er nicht zu denen, die sich die Hände schmutzig machen."

„Die eigenen natürlich nicht. Denk bloß an den Anschlag auf Wellington im Februar."

„Meinetwegen, Gerald, aber André Cantillon war ein fanatischer Anhänger Bonapartes und deshalb bereit, einen Mord zu begehen."

„Zugegeben", hatte Gerald gesagt, „aber Jason Harling – und ich will dir weiß Gott keine Angst einjagen – Jason Harling ist ein fanatischer Anhänger der eigenen Person und ihrer Zukunft."

„Ich lehne es ab, Gerald, mir über so absurde Spekulationen Gedanken zu machen."

Als er jetzt jedoch nach einem wirklich köstlichen Dinner vom Speisezimmer in die Bibliothek ging, wurde er nachdenklich.

Er hatte harte Zeiten hinter sich, war von einem Tag zum anderen unverhofft zu Reichtum und Besitz gekommen und sah seine Zukunft gesichert. Er hätte sich wirklich glücklich schätzen können, wenn es nicht einen Jason Harling gegeben hätte, der ihm diese Zukunft neidete.

„Ich werde heiraten *müssen*", murmelte er, und seine Gedanken wanderten zu Lady Isobel Dalton.

Als er Paris verlassen hatte, hatte sie keinen Zweifel daran gelassen, daß sie innerhalb einer Woche nachzukommen und ihn in London häufig zu sehen gedachte.

Die attraktive Tochter eines Herzogs und Witwe eines ältlichen Barons, der wegen Völlerei und zu viel Alkohol an einem Herzanfall gestorben war, führte ein mehr als fröhliches Leben.

Sie war eine der vielen Frauen gewesen – Französinnen, Engländerinnen, Russinnen – die darauf erpicht waren, die Kriegshelden nach den langen Jahren der Entbehrung zu trösten.

Bei jeder Gesellschaft waren sie wie Glühwürmchen herumgeschwirrt, und bei einer dieser Gesellschaften hatte Isobel die Hände um den Nacken des Herzogs gelegt und ihm die Lippen geboten, ehe er selbst noch den Wunsch verspürt hatte, sie zu küssen.

Er hatte ihrem aufreizenden Temperament nicht widerstehen können. Von Komplimenten überschüttet, hatte er das Gefühl gehabt, der einzige begehrenswerte Mann der Welt zu sein.

„Ich liebe dich und begehre dich", hatte sie ihm tausendmal ins Ohr geflüstert. „Ich habe mich auf den ersten Blick in dich verliebt, und nun, Liebling, bist du in einer Position, die ich mir nie erträumt hätte. Ich liebe dich, weil du genauso bist, wie ein Herzog sein sollte – der geborene Ehrenmann."

Er hatte sehr wohl gespürt, daß sie sich immer mehr in sein Leben drängte und ihn mit allen ihr zur Verfügung stehenden Mitteln umgarnte. Als er in der Nacht vor seiner Abreise bei ihr geblieben war, hatte sie ungeniert ausgesprochen, welches Ziel sie anstrebte.

„Sobald du alles geregelt hast", hatte sie gesagt, „werde ich dir zur Seite stehen. Wir werden Gesellschaften geben, und ganz London wird sich darum reißen, bei uns eingeladen zu sein. Wir werden alles übertrumpfen, was es bisher gegeben hat."

Sie hatte einen kleinen Seufzer ausgestoßen und ihm einen flüchtigen Kuß auf die Stirn gegeben.

„Der Prinzregent", hatte sie hinzugefügt, „wird alt und die Crème de la Crème braucht einen neuen Gott. Du siehst blendend aus, bist charmant wie sonst keiner und weißt dich durchzusetzen. Die Gesellschaft wird zu dir aufschauen."

Sie hatte ihn erwartungsvoll angesehen, doch der Herzog hatte sich gehütet, ihr zu sagen, sie sei für ihn die schönste Frau der Welt.

Es war ihm nur zu klar gewesen, daß sie ihn hatte dazu bringen wollen, ihr einen Antrag zu machen, doch er dachte nicht daran, eine Ehe einzugehen, schon gar nicht mit Lady Isobel.

Seine vielen Verwandten, das wußte er, und auch die Gesellschaft würden eine solche Heirat begrüßen, aber das kümmerte ihn wenig.

Obwohl ihn Isobel zu reizen verstand wie bisher keine andere Frau, sagte ihm sein Gefühl, daß sie im

Grunde nicht die Frau war, mit der er den Rest seines Lebens verbringen wollte.

Die Kriegsjahre hatten ihn gelehrt, die Stellung der Frau richtig einzuschätzen. Frauen dienten dem Vergnügen. In der eigentlichen Welt des Mannes, die aus Kampf und Tod für das Vaterland bestand, hatten sie nichts zu suchen.

Lady Isobel war anders als die hübschen Portugiesinnen, die sich um die müden Männer bemüht hatten, die nach den harten Gefechten auf der Halbinsel Erholung gebraucht hatten.

Sie war auch anders als die ausgelassenen, attraktiven Französinnen, die einen Mann, mochte er noch so erschöpft sein, zum Lachen brachten und ihn darüber hinwegsehen ließen, daß sie ihm vor seinem Weggehen heimlich die Taschen geleert hatten.

Aber Frauen waren Frauen und ein Mann mußte sich ab und zu von der harten Wirklichkeit des Soldatenlebens ablenken lassen. Doch eine Ehe war etwas völlig anderes.

Während der Reise durch den Norden Frankreichs und der stürmischen Überfahrt über den Ärmelkanal hatte der Herzog wiederholt an Isobel gedacht.

Sie war atemberaubend schön und hatte ihm ihre Liebe immer wieder in den überzeugendsten Worten gestanden.

Dennoch hatte ihn eine eigene Stimme jedesmal davon abgehalten, ihr die erhoffte Frage zu stellen.

„Ich muß bei dir sein, Ivar“, hatte sie tausendmal gesagt. „Ich kann ohne dich nicht leben und weiß, daß du ohne mich genauso verloren und einsam wärst.“

Er hatte ihr nie widersprochen. Es war einfacher gewesen und auch bequemer, ihre Lippen mit Küssen zu versiegeln.

Als der Herzog Paris verlassen hatte, war Lady Isobel bereits damit beschäftigt gewesen, das Haus aufzulösen, in dem sie gewohnt hatte. Ihr weicher verführerischer Körper beherbergte einen stählernen Willen. Sie war fest entschlossen, Herzogin von Harlington zu werden.

Die Gedanken an sie machten ihn nervös.

Er ging zum Kamin und zog ungeduldig an dem elegant mit Perlen bestickten Glockenstrang.

Er brauchte nicht lange zu warten, bis die Tür aufging und ein ziemlich atemloser Bateson auftauchte.

„Ich habe es mir anders überlegt", teilte ihm der Herzog mit. „Ich werde noch heute auf's Schloß fahren. Man ist ja nur knapp zwei Stunden unterwegs."

Bateson runzelte die Stirn.

„Haben Euer Gnaden Lady Alvina wissen lassen, daß Euer Gnaden das Schloß zu besuchen beabsichtigen?" fragte er.

„Nein, denn ich wollte ja ursprünglich bis Ende der Woche hier bleiben", antwortete der Herzog. „Mir kam nur eben die Idee. Ich bin morgen, spätestens übermorgen wieder zurück."

„Es wäre klug, Lady Alvina zu benachrichtigen, Euer Gnaden."

Der Herzog lächelte.

„Aber wo!" sagte er. „Es sollen meinetwegen keine besonderen Umstände gemacht werden. Nach der wirklich reichlichen und ausgezeichneten Mahlzeit von heute mittag genügt mir am Abend eine Kleinigkeit. Übrigens – mein Kompliment an die Köchin, Bateson. Veranlassen Sie, daß angespannt wird. Ich nehme doch an, daß die Pferde, die ich bestellt habe, bereits im Stall stehen."

Der Herzog hatte Gerald, der ja schon eine Woche früher nach London zurückgekommen war, gebeten, sich um Pferde zu kümmern.

Da er und Gerald wie in allem auch in der Auswahl von Pferden größte Ansprüche stellten, mußte der Herzog nicht befürchten, enttäuscht zu werden.

Als man ihm zwanzig Minuten später meldete, daß der Phaeton bereitstehe, mußte er feststellen, wie sehr er sich auf Gerald verlassen konnte.

Die vier kastanienbraunen Stuten waren eine Augenweide. Sie stammten aus bester Zucht und versprachen die Strecke zwischen London und Schloß Harlington in Rekordzeit zurückzulegen.

Während sein Koffer an der Rückseite der Kutsche festgeschnallt wurde, verabschiedete sich der Herzog von Bateson.

„Ich habe übrigens meinem Kammerdiener freigegeben", erklärte er. „Er soll den Nachmittag benutzen, seine Londoner Verwandten zu besuchen und morgen nachkommen. Es wird ja wohl jemand im Schloß geben, der sich um meine Sachen kümmert."

„Hoffentlich", entgegnete Bateson. „Euer Gnaden hätten vielleicht gut daran getan, den Kammerdiener mitzunehmen."

„Unsinn, Bateson", sagte der Herzog lachend. „Sie machen sich unnötig Gedanken. Im Schloß ist mit Sicherheit alles noch wie in früheren Tagen."

Damit sprang der Herzog in den Wagen und ließ sich vom Pferdeknecht die Zügel reichen.

Er freute sich auf die Fahrt. Die Pferde hätten nicht schöner, rassiger und gepflegter sein können, und die Kutsche, die ebenfalls Gerald besorgt hatte, war so leicht, daß sie fast vom Pflaster abhob.

Bateson sah ihm mit besorgter Miene nach. Als der Herzog vom Berkeley Square abbog, drehte sich der Butler um, ließ den roten Teppich aufrollen und ging ins Haus zurück.

In der Küche war seine Frau gerade mit dem Abwasch beschäftigt. Die zwei neueingestellten Mädchen, die sich noch nicht auskannten, standen mehr im Weg herum, als sie halfen.

„Ist er tatsächlich gefahren?“ fragte Mrs. Bateson. „Und Lady Alvina weiß nicht Bescheid?“

„Nein. Wenn Seine Gnaden nicht so plötzlich losgefahren wären, hätten wir sie warnen können, aber so . . .“

Mrs. Bateson stieß einen Seufzer aus.

„Wie unangenehm“, meinte sie. „Und du hast kein Wort zu ihm gesagt?“

„Nein, natürlich nicht.“

„Er wird entsetzt sein.“

Mrs. Bateson hatte den Satz noch nicht beendet, als es an der Haustür klingelte. Der alte Butler stand von seinem Stuhl auf.

„Wer kann denn das sein?“ fragte er.

„Wahrscheinlich Besuch.“

„Ich sehe am besten selbst nach“, brummelte Bateson. „Diese jungen Hupfer wissen ja doch nicht, was sie sagen sollen.“

Er schlurfte durch den Gang, als schmerzten ihn die Füße.

Als er die Tür öffnete, sah er zu seinem Erstaunen den Phaeton der Harling's vor dem Haus stehen.

„Was ist denn jetzt los?“ fragte er den Diener, der vor ihm stand.

„Seine Gnaden haben irgendwelche Dokumente vergessen. Sie liegen in der Bibliothek auf dem Schreibtisch.“

Bateson lächelte.

Auch ein Herzog ist ein Mensch, dachte er, und macht hin und wieder einen Fehler.

„Kommen Sie mit“, befahl er dem Diener und ging würdevollen Schritts zur Bibliothek.

Der Herzog wartete währenddessen in der Kutsche. Es war ihm unerklärlich, wie er diese wichtigen Papiere hatte vergessen können, die ihm die Bank übergeben hatte. Unter ihnen befand sich nämlich eine Liste, auf der das wesentliche Inventar des Schlosses aufgeführt war.

Da er zum Glück noch nicht weit gefahren war, hatte er wenig Zeit verloren. Trotzdem ärgerte er sich, denn er war ein Mann, der sich ein äußerstes Maß an Disziplin abverlangte.

Als er plötzlich eine Stimme hörte und eine etwas jämmerliche Gestalt neben seiner Kutsche stehen sah, vergaß er seinen Ärger.

„Verzeihen Sie die Frage, Sir. Sind Sie der neue Herzog von Harlington?“

„Ja.“

„Ich wollte Euer Gnaden eben aufsuchen.“

„Tut mir leid, Sie kommen ungelegen. Ich bin auf dem Weg zum Schloß. Sie werden sich ein paar Tage gedulden müssen.“

„Ich müßte Euer Gnaden aber dringlich jetzt sprechen."

„In welcher Angelegenheit?" fragte der Herzog ungeduldig.

„Es handelt sich um gewisse Gegenstände aus dem Familienbesitz, Sir. Ich habe etwas dabei, an dem Euer Gnaden wahrscheinlich interessiert sind."

Der Herzog wehrte ab.

„Ich kaufe momentan nichts, vielen Dank."

„Die Sachen sind nicht zu verkaufen, Euer Gnaden, sie müssen eingelöst werden."

Während er sprach, öffnete der Mann die schwarze Tasche, die er bei sich hatte und zog eine große Silberschale heraus.

Als der Herzog das Familienwappen sah, das in der Schale eingraviert war, traute er seinen Augen nicht.

Bei näherem Hinsehen war er der Überzeugung, daß der edle Gegenstand aus der Werkstatt von Thomas Germain stammte, einem berühmten Goldschmied, der fast ausschließlich für Ludwig den Fünfzehnten gearbeitet hatte.

Er mußte an das letzte Diner im Schloß denken und hätte schwören können, daß die Schale an jenem Abend zwischen zwei mehrarmigen Leuchtern auf der Tafel gestanden war.

Sein Vater, der damals noch gelebt hatte, hatte betont, daß das Silber der Harlings seinesgleichen suche. In ganz England könne sich niemand rühmen, so ausgesuchte Stücke sein eigen zu nennen.

„Woher haben Sie die Schale?" fragte der Herzog streng. „Falls sie gestohlen wurde, werde ich Sie als Hehler verklagen."

„Ich bin kein Hehler, Euer Gnaden", verteidigte sich der Mann. „Ich kann Euer Gnaden genau erklären, wie ich zu der Schale gekommen bin."

„Dann tun Sie es gefälligst!"

Der Mann schien sich durch den barschen Ton wenig beeindrucken zu lassen.

Der Diener kam mit den gewünschten Papieren aus dem Haus. Als er in die Kutsche steigen wollte, übergab ihm der Herzog die Zügel.

„Ich muß erst noch mit diesem Mann sprechen", sagte er.

Er nahm dem Diener die Papiere ab, steckte sie in die Tasche und stieg aus der Kutsche.

„Kommen Sie mit", sagte er zu dem Mann und ging ihm voran ins Haus.

Gefolgt von Bateson, der die Tür hinter ihnen schloß, gingen sie in die Bibliothek.

„So", sagte der Herzog, „jetzt will ich mir die Schale einmal genauer betrachten. Und wie heißen Sie eigentlich?"

„Emmanuel Pinchbeck, Euer Gnaden. Ich habe ein Leihhaus."

„Ein Leihhaus?" wiederholte der Herzog. Damit hatte er am allerwenigsten gerechnet. „Wollen Sie etwa behaupten, daß die Schale versetzt worden ist?"

„Ja, Euer Gnaden, zusammen mit einer ganzen Reihe von anderen Gegenständen."

Der Herzog stellte die Schale kopfschüttelnd auf den Schreibtisch. Wie man ein so ausgefallen schönes Stück ins Leihhaus bringen konnte, war ihm ein Rätsel.

„Ich muß Sie bitten", sagte er mit ruhiger, aber kalter Stimme, „mir zu erklären, wie Sie in den Besitz dieser Schale gekommen sind. Wer hat sie verpfändet?“

Emmanuel Pinchbeck zog wortlos ein Blatt Papier aus der Tasche und gab es dem Herzog zu lesen.

Ich, Emmanuel Pinchbeck, habe eine um sechzehnhundertneunzig geschmiedete Silberschale gegen Entgelt von dreißig Pfund entgegengenommen und erkläre hiermit, daß das Pfand in meinem Besitz bleiben wird, solange der jährliche Zins von dreißig Prozent vom Eigentümer entrichtet wird, der die Bedingungen des Vertrages durch seine Unterschrift anerkennt.

Alvina Harling

Der Herzog war außer sich.

„Was befindet sich noch in Ihrem Besitz?“ fragte er den Pfandleiher.

„Sechs kleine Gemälde, Euer Gnaden, mehrere Miniaturen, weitere vier Silberschalen, eine besonders elegante Schnupftabakdose, mit Smaragden und Brillanten besetzt, und zwei goldene Kerzenleuchter, die viel mehr wert sind, als der Preis, mit dem ich sie beleihen konnte.“

„Und warum sind Sie zu mir gekommen?“ fragte der Herzog nach längerem Schweigen.

„Ich bin zu Euer Gnaden gekommen“, antwortete der Pfandleiher, „weil ich erfahren habe, daß Sie das Erbe des verstorbenen Herzogs angetreten haben und ich dachte, daß Euer Gnaden Interesse daran haben, die beliehenen Stücke einzulösen.“

Wieder entstand Schweigen.

„Bitte, Euer Gnaden“, fuhr der Pfandleiher nach

einigem Zögern fort, „ich will ehrlich sein: Ich bin mit der Abmachung nicht zufrieden und könnte das Geld dringend gebrauchen."

„Warum sind Sie mit der Abmachung nicht zufrieden?"

„Weil beim heutigen Preis von Gold und Silber der Zins von dreißig Prozent viel zu niedrig ist, Euer Gnaden. Der reine Metallwert der einzelnen Stücke ist viel höher, als ihr Sammlerwert."

„Wollen Sie damit sagen, daß sie eingeschmolzen wertvoller wären?" fragte der Herzog entsetzt.

Emmanuel Pinchbeck nickte.

„Ja, Euer Gnaden. Die Zeiten sind hart, und ich kann die Stücke nicht ewig behalten. Ich brauche mein Geld."

„Wie lange sind die Stücke schon in Ihrem Besitz?"

„Fast drei Jahre, Euer Gnaden. Ich habe schon befürchtet, daß ich nie wieder zu meinem Geld komme."

Der Herzog sah die Schwierigkeiten des Mannes, dem inzwischen der Schweiß auf der Stirn stand.

„Es spricht für Sie und Ihre Ehrlichkeit", sagte er, „daß Sie sich an die Bedingungen gehalten und die Stücke nicht zum Kauf angeboten haben, Mr. Pinchbeck. Ich erkläre mich bereit, die Gegenstände einzulösen, die Ihnen von der Unterzeichneten als Pfand hinterlassen worden sind."

In den Augen des Pfandleihers leuchtete es auf.

„Ich danke Ihnen", sagte er. „Als ich hörte, mit welchem Heldenmut Euer Gnaden gegen den Feind gekämpft haben, schöpfte ich Hoffnung. Ein Mann wie Euer Gnaden, habe ich gedacht, hat bestimmt Verständnis für deine Lage."

„Schon gut, schon gut“, sagte der Herzog. „Sie bekommen von mir einstweilen die Summe, die Sie für diese Silberschale bezahlt haben. Ich werde spätestens übermorgen wieder in London sein und erledige dann den Rest.“

„Das ist sehr gütig von Euer Gnaden.“

„Was schulde ich Ihnen für die Schale?“

„Sie ist seit zwei Jahren und zwei Monaten in meinem Besitz, Euer Gnaden, und wird mit sieben Pfund beliehen.“

Der Herzog überschlug die fällige Summe, zog die Brieftasche aus dem Jackett und entnahm ihr mehrere Geldscheine.

„Das dürfte etwas mehr sein“, sagte er, während er Pinchbeck das Geld gab. „Wir rechnen dann endgültig ab, wenn Sie mir die übrigen Stücke bringen.“

Emmanuel Pinchbeck steckte das Geld in die Tasche.

„Euer Gnaden sind sehr großzügig“, sagte er. „Vielen Dank, Sie haben mir eine große Last von den Schultern genommen. Jetzt bin ich finanziell endlich wieder etwas beweglicher.“

„Wie gesagt – übermorgen bin ich zurück. Vergewissern Sie sich lieber, ob ich auch wirklich da bin, ehe Sie mit den restlichen Stücken kommen. Man weiß schließlich nie, ob nicht etwas dazwischen kommt.“

„Natürlich, Euer Gnaden.“

Der Herzog ging zur Tür. Emmanuel Pinchbeck folgte ihm, die leere Tasche in der Hand.

Bateson wartete in der Halle.

„Auf meinem Schreibtisch steht eine silberne Schale“, sagte der Herzog zu seinem Butler. „Lassen Sie

sie putzen und bewahren Sie sie bis zu meiner Rückkehr im Panzerschrank auf."

„Sehr wohl, Sir", entgegnete Bateson, der gern noch etwas hinzugefügt hätte, aber nicht den Mut dazu fand.

Einen Moment später war der Herzog aus dem Haus und Bateson schloß die Tür hinter ihm.

2

Während der Herzog durch die fruchtbare Gegend nördlich der Themse fuhr, wuchs sein Zorn. Bei dem stattlichen Vermögen, das sein Vorgänger hinterlassen hatte, hatte dessen Tochter keine finanzielle Not leiden können.

Weswegen hatte sie sich dann von einem Pfandleiher Geld besorgt?

Es konnte nur eine Erklärung geben: Sie hielt einen Mann aus, den ihr Vater abgelehnt hatte.

Die meisten Frauen, dachte der Herzog, kennen weder Anstand noch Ehre.

Verheiratete Frauen, die ihre Männer betrogen, waren ihm schon immer ein Greuel gewesen, und die Idee, daß er kaum der erste von Lady Isobels Liebhabern war, machte ihn zuweilen krank.

Sie hatte es natürlich nie zugegeben, aber er war überzeugt davon, daß auch sie ihren Mann hintergangen und ihre Freiheit nach dessen Tod weidlich ausgenutzt hatte.

Die lockere Moral, die der Prinz von Wales salonfähig gemacht hatte, hatte in der Gesellschaft schnell um sich gegriffen, und nicht nur die Männer, sondern auch die Frauen nahmen sich Rechte heraus, die der Herzog ablehnte.

Bislang hatte er noch nie ernsthaft an eine Heirat

gedacht. Als Offizier hatten ihm allein schon die finanziellen Mittel dazu gefehlt. Außerdem war er nie einer Frau begegnet, die ihm entsprach.

Doch inzwischen war er in einer Position, die ihn nicht nur zur Ehe zwang, sondern ihn zusätzlich vor Aufgaben stellte, eine Frau zu finden, die ihm gefiel und würdig genug war, Herzogin von Harlington zu werden.

Das Oberhaupt einer großen angesehenen Familie wurde von vielen mit dem Oberhaupt eines schottischen Clans verglichen und gleichermaßen respektiert.

Ehe der Herzog von Cumberland die Hochlandbewohner besiegt und wieder Recht und Ordnung in Schottland eingeführt hatte, hatte das Oberhaupt eines Clans die Macht über Leben und Tod seiner Angehörigen besessen.

Die Herzöge von England hatten diese Macht nie besessen, aber sie wurden von ihrer Umgebung wie Könige behandelt, und ihr Wort war Gesetz.

Irgendwie ist es mit dem Heer zu vergleichen, dachte Ivar Harlington, der sich daran erinnerte, wie sehr der Herzog von Wellington von seinen Untergebenen bewundert, verehrt und geschätzt worden war.

Er hatte in seinem Soldatenleben auch so manchen Offizier kennengelernt, für den jeder einzelne Mann das Leben gelassen hätte.

Der Herzog hätte sich dessen nie gerühmt, aber er wußte, daß er die Fähigkeit besaß, Menschen zu führen. Hatte man doch oft die Tatsache betont, daß seine Truppen taktisch besser, mutiger und disziplinierter waren, als die anderen Regimenter.

In der Besatzungsarmee war Disziplin das A und O gewesen, denn Soldaten, die nicht kämpften, mußten daran gehindert werden, den geschlagenen Feind zu verspotten oder zu provozieren, was nur zu Schwierigkeiten geführt hätte.

Jetzt, da diese Probleme aus der Welt geschaffen waren, fragte sich der Herzog, ob er je in der Lage sein würde, eine Frau in Schranken zu halten und ihr den Gehorsam abzuverlangen, den er den Männern so erfolgreich hatte abverlangen können.

Er war sich ziemlich sicher, daß er diesbezüglich an Isobel zerbrechen würde, denn er wußte, daß sie die Leidenschaft, die sie zu wecken verstand, dazu benutzte, das zu bekommen, was sie wollte, ohne selbst etwas zu geben.

Aber nicht mit mir, dachte der Herzog und kniff unbewußt die Lippen zusammen. Mit mir nicht!

Das unglaubliche Verhalten seiner Cousine Alvina beschäftigte erneut seine Gedanken.

Er versuchte, sich zu erinnern, wie sie aussah. Als er sie bei Richards einundzwanzigstem Geburtstag zum letztenmal gesehen hatte, war sie schließlich erst neun oder zehn Jahre alt gewesen.

Da er und sein Cousin Richard gleich alt gewesen waren, hatte er in jungen Jahren oft Monate auf dem Schloß verbracht.

Alvina mußte inzwischen neunzehn, wenn nicht schon zwanzig Jahre alt sein. Ihr Vater war ein fabelhaft aussehender Mann gewesen, ihre Mutter eine anerkannte Schönheit. Es ließ sich daher annehmen, daß sie sich zu einem hübschen jungen Mädchen gemausert hatte.

An die Feierlichkeiten im Schloß erinnerte sich der Herzog, als hätten sie gestern stattgefunden. Sein eben volljähriger Cousin Richard war natürlich der Mittelpunkt gewesen, dessen kleine Schwester Alvina lediglich eine Randfigur.

Ein Feuerwerk, wie er es später nie mehr zu sehen bekommen hatte, war die Krönung der Feierlichkeiten gewesen. Kurz vor Mitternacht hatte Richards Vater die Gäste gebeten, den über und über mit Blumen geschmückten Ballsaal zu verlassen und auf die Terrasse hinauszutreten. Kurz darauf hatte ein Farbenspiel ohnegleichen den Himmel erleuchtet.

Dic Gäste, unter ihnen Herrschaften von königlichem Rang, Diplomaten und Mitglieder des Hochadels, waren entzückt gewesen und hatten ihrer Begeisterung spontan Ausdruck verliehen.

Der Herzog erinnerte sich noch genau an die Szene höchster Eleganz. Die Damen hatten kostbarste Steine im Haar, um den Hals und an den Handgelenken getragen und wie Christbäume geglitzert. Die Herren, von denen viele in Galauniform gewesen waren, hatten ihnen mit ihren Orden und Auszeichnungen nur wenig nachgestanden.

Richard, der in jener Nacht eine flammende Rede gehalten hatte, lag inzwischen auf dem Schlachtfeld von Waterloo begraben, während er, Ivar Harlington, den Titel geerbt hatte und fünfter Herzog von Harlington war.

Seine Gedanken wanderten zurück zu Lady Alvina. Wie hatte sie es wagen können, ein so wertvolles Stück wie die von Germain geschmiedete Silberschale ins Leihhaus zu bringen?

Als Emmanuel Pinchbeck die Miniaturen erwähnt hatte, war der Herzog innerlich zusammengezuckt.

Die Miniatursammlung der Harlingtons war die berühmteste im ganzen Land.

Einige der kleinen Portraits stammten noch aus der Regierungszeit der Königin Elizabeth. Fast jeder Harlington, der das Familienschloß bewohnt hatte, hatte ein Portrait von sich und seiner Frau hinzugefügt.

Die Miniaturen schmückten die Wände des Blauen Salons. Selbst in Paris, Wien oder Rom hatte der Herzog keine Sammlung von Miniaturen gesehen, die sich mit der der Harlingtons hätte messen können.

Er hatte nicht damit gerechnet, diese Sammlung eines Tages sein eigen zu nennen und in den Genuß zu kommen, sie betrachten zu können, wann immer es ihm beliebte.

Je mehr er sich auf seiner Rückreise England genähert hatte, desto entschlossener war Ivar Harlington gewesen, das Schloß zu seinem Hauptwohnsitz, zum Mittelpunkt seines neuen Lebens zu machen. Es bedeutete ihm mehr, als er mit Worten ausdrücken konnte.

Als er noch ein Kind gewesen war, hatte ihm sein Vater viel und oft vom Schloß erzählt und den Eindruck in ihm geweckt, es sei von Rittern bewohnt.

Später dann hatte es in seiner Phantasie jedes Märchen und jede Heldensage geschmückt, jedes Geschichtsbuch, das er aufgeschlagen hatte.

Für ihn waren die Kreuzritter aus Schloß Harlington ausgezogen, um die Sarazenen zu bekämpfen.

Für ihn hatte Königin Elizabeth auf Schloß Harlington genächtigt, wenn sie sich auf Reisen in den Norden begeben hatte. Sie hatte mit seinen Vorfahren die Tafel geteilt und hatte sich an ihrem Kamin erwärmt.

Im Geschichtsunterricht war für ihn das Schloß immer präsent gewesen, und als er dann später selbst gegen die Vorherrschaft Napoleons gekämpft hatte, hatte er für England und insbesondere für Schloß Harlington gekämpft.

Und nun, da dieses Schloß sein Eigentum war, mußte er feststellen, daß es einen Verräter in der Familie gab, eine Frau, die es gewagt hatte, einige der wertvollsten Gegenstände in ein Pfandhaus zu bringen.

Zum Glück hatte sie wenigstens noch einen Rest von Anstand besessen und die Stücke nicht verkauft, sondern nur beliehen.

Als kleiner Junge, er erinnerte sich noch genau daran, hatte er seinen Vater einmal gefragt, ob der Herzog sich wie ein König fühle.

„Mit Sicherheit“, hatte sein Vater lächelnd geantwortet. „Aber wie bei einem König gehört ihm das Schloß nur auf Lebenszeit. Er muß es daher für seinen Nachfolger pflegen und erhalten.“

„Seine Nachfolger können es doch selber pflegen und erhalten“, hatte Ivar entgegnet.

„Das tun sie ja dann auch.“ Sein Vater hatte ihn auf seine Knie gezogen. „Jeder Herzog“, hatte er geduldig hinzugefügt, „hat die Aufgabe, den Besitz, der ihm nicht persönlich, sondern der ganzen Familie gehört, zu verwalten. Er muß nicht nur danach trachten, das Schloß und alles, was dazu gehört, so zu hinterlassen, wie er es übernommen hat, er ist außerdem auch noch für die Mitglieder seiner Familie verantwortlich und muß dafür sorgen, daß sie keine Not leiden.“

„Dann hat so ein Herzog aber viel zu tun“, hatte Ivar gesagt.

„Ja“, hatte sein Vater entgegnet. „Er hat sogar sehr viel zu tun, und ich kann mit Stolz behaupten, daß bisher kein Herzog von Harlington seine Pflichten versäumt hat.“

Soweit Ivar sich erinnern konnte, war der vierte Herzog von Harlington ein bewundernswerter Mann gewesen.

Umso unglaublicher schien es, daß sich seine einzige Tochter dazu erniedrigt hatte, die Familie zu bestehlen und wertvolle, in Jahrhunderten zusammengetragene Stücke beliehen und in den Besitz eines Emmanuel Pinchbeck gegeben hatte.

Daß die Machenschaften seiner Cousine den Verwaltern entgangen war, war obendrein ein Skandal.

Da er so lange im Ausland gewesen war, hatte der Herzog keine Ahnung, wer diese Verwalter waren.

Er machte sich Vorwürfe, nicht doch zu den Aussegnungsfeierlichkeiten seines Cousins Richard nach England gekommen zu sein und die Gelegenheit genutzt zu haben, sich sofort um alles zu kümmern.

Im Grunde war es jedoch nicht seine Schuld gewesen, daß er seinen Verpflichtungen nicht sofort nachgekommen war. Wellington hatte seine Bitte, nach England reisen zu dürfen, kategorisch abgelehnt. In so turbulenten Zeiten , hatte er zur Antwort bekommen, sei das Vaterland über die Familie zu stellen.

Und die Zeiten waren turbulent gewesen, denn die Verringerung des Truppenkontingents hatte alle Gemüter erhitzt und die heftigsten Kontroversen ausgelöst.

Noch im Dezember des Vorjahres hatte Wellington den Standpunkt vertreten, daß das Kontingent unmöglich verringert werden könne.

Einen Monat später hatte er dann jedoch vor der Botschafterkonferenz erklärt, daß er seine Meinung geändert habe und dreißigtausend Mann abzuziehen gedachte.

Da die ersten Truppen bereits Anfang April nach England transportiert werden sollten, hatten die entsprechenden Vorkehrungen getroffen werden müssen. Die Planung des Rückzuges, hatte Wellington erklärt, überlasse er General Harling, seinem fähigsten und vertrauenswürdigsten Adjutanten.

Gleichzeitig hatte Wellington die ersten Verhandlungen mit *Baring Brothers and Hopes geführt,* einem Londoner Bankhaus, das eine Staatsanleihe für Frankreich aufzubringen gewillt war – falls die Verbündeten bereit waren, das Subventionsbegehren durch England befriedigen zu lassen. Auch in dieser Angelegenheit hatte Wellington mit der Hilfe seines Adjutanten gerechnet, dessen Aufgabe es gewesen war, die Verbündeten für den Plan zu gewinnen.

Da der Herzog eingesehen hatte, daß er Paris nicht verlassen durfte und seine persönlichen Probleme zurückstellen mußte, hatte er sich mit dem Gedanken getröstet, daß Besitz und Ländereien auch nach dem Tod des Herzogs so gewissenhaft verwaltet wurden, wie zu dessen Lebzeiten.

Sollten dennoch Schwierigkeiten auftreten, hatte er sich gesagt, konnten sie nach seiner Rückkehr nach England behoben werden.

Er hatte seinen Bankiers infolgedessen lediglich

mitgeteilt, daß er den Dienst an Wellingtons Seite so bald wie möglich quittieren werde und hatte sich auf die oft übermäßig erregbaren Franzosen, auf die fiebrigen Hoffnungen einer Madame de Stäel und die Anweisungen Wellingtons konzentriert, der fast Übermenschliches von ihm gefordert hatte.

Da er von seinen Bankiers nichts mehr gehört hatte, hatte er angenommen, daß alles glatt ging, und Lady Alvina, die nicht verheiratet war und weiterhin im Schloß wohnte, nach dem Rechten sah, bis er zurück war.

Höflich war es nicht gerade gewesen, daß er ihr nie geschrieben hatte, aber da er von ihr nie etwas gehört hatte, war er irgendwie nicht auf den Gedanken gekommen.

Keine Nachrichten sind gute Nachrichten, hieß es im Volksmund. Doch darauf hätte er sich besser nicht verlassen sollen.

Auf Gerald Chertson war wenigstens Verlaß gewesen. Die Pferde, die er für ihn gekauft hatte, waren in so fabelhafter Kondition, daß zumindest die Fahrt zum Schloß eine reine Freude war.

Bei seiner Ankunft in seinem Stadtpalais am Berkeley Square hatte der Herzog einen kurzen Brief von Gerald vorgefunden, in dem ihm dieser mitgeteilt hatte, daß sein Vater erkrankt und er zu ihm gefahren sei. Ende der Woche gedenke er wieder in London zu sein und würde sich dann sofort bei ihm melden.

Obwohl der Herzog eingesehen hatte, daß Gerald nichts anderes übrig geblieben war, als Sir Archibald Chertson, seinen alten und übrigens sehr bestimmenden Vater zu besuchen, war er enttäuscht gewesen und hatte sich vorgenommen, nach der Rückkehr des Freundes mit diesem Londons Nachtleben auszukosten.

Womit er in Gedanken wieder bei Lady Isobel war, deren exotisches, verführerisches Parfüm er zu riechen, ihre heißen Küsse zu spüren glaubte.

Trotzdem, sagte er sich, bringt mich ein Jason nicht dazu, sie oder irgendeine andere Frau zu heiraten. Noch will ich frei sein und mein Junggesellendasein genießen.

Er beschloß, Jason aufzusuchen, sobald er wieder in London war, und ihm eine großzügige Apanage zu gewähren, allerdings mit der Auflage, sich anständig zu benehmen. Außerdem rechnete er damit, die Schulden des entfernten Cousins begleichen zu müssen.

Der Herzog zweifelte nicht einen Moment daran, daß es sich um beachtliche Summen handelte, und Jasons Gläubiger nicht davor zurückschrecken würden, einen Skandal heraufzubeschwören, wenn sie nicht zu ihrem Geld kamen.

Kurz vor vier Uhr fuhr er durch das große schmiedeeiserne Tor, dessen vergoldeten Lanzenspitzen in der Nachmittagssonne blitzten.

Zu seinem Erstaunen waren die Pförtnerhäuser zu beiden Seiten leer. Er erinnerte sich noch genau, wie sich früher die Torhüter beim Nahen einer Kutsche beeilt hatten, die Flügel zu öffnen und in strammer Haltung dem Ankömmling die Ehre erwiesen hatten. Sie hatten Uniformen mit silbernen Knöpfen getragen, in die der Wappenlöwe der Harlingtons eingestanzt war.

War der Ankömmling der Herzog persönlich, hatten sie die Mützen gezogen und sich verbeugt, während ihre Frauen und Kinder im Hintergrund einen tiefen Knicks gemacht hatten.

Der Herzog hatte das Begrüßungszeremoniell geliebt und bedauerte es, daß man inzwischen allem Anschein nach Abstand davon nahm.

Die alten Eichen zu beiden Seiten der breiten Auffahrtsallee kamen ihm noch knorriger und beeindrukkender vor als früher.

Als der Herzog nach einer Biegung endlich das Schloß sah, zügelte er instinktiv die Pferde.

Auf einem Hügel über einem See thronend, blickte es über die Gärten, den Park und die dahinterliegenden Wälder.

Ursprünglich war es für einen jener Lehensbarone gebaut worden, die durch die Magna Charta zu persönlicher Freiheit und Eigentum gekommen waren.

Aus jener Zeit stammte noch der Turm, der ein Jahrhundert später erhöht und mit einem Zinnenkranz befestigt worden war.

An diesen grenzten die Gebäude an, die den Innenhof einschlossen. Der älteste Teil von ihnen stammte aus der Regierungszeit Elizabeths I. von England, der jüngste war in georgianischem Stil erbaut.

Die Nachmittagssonne spiegelte sich in den Hunderten von Fenstern und verlieh den Steinfiguren auf den Dächern unwirklich harte Konturen.

Der Herzog mußte unwillkürlich an die Ritter seiner Kindheit denken, an ihre Rüstungen und die Nymphen, die im Morgennebel seiner Phantasie aus dem See heraufgestiegen waren, an die Drachen, die in den tiefen Wäldern hausten und jeden Eindringling mit ihrem Flammenatem vertrieben.

Als verwehre er sich jedes romantische Gefühl, lenkte er die Gedanken abrupt auf Lady Alvina und ihre Perfidie, die sie dazu veranlaßt hatte, die Tradition der Harlings zu schmälern.

Als er die Pferde vor der großen Freitreppe zum Stehen brachte, mußte der Herzog zu seiner Verwunderung feststellen, daß Unkraut zwischen den Stufen wucherte.

Er übergab die Zügel seinem Diener.

„Die Stallungen sind hinter dem Ostflügel", sagte er. „Kümmern Sie sich um die Pferde. Sie werden genug Leute vorfinden, die Ihnen dabei helfen werden."

„Sehr wohl, Euer Gnaden."

„Für das Gepäck schicke ich jemand vom Hauspersonal."

Damit sprang der Herzog aus der Kutsche und stieg die Steinstufen hinauf.

Auf diesen Moment hatte er gewartet. Jetzt, wo er gekommen war, bedauerte er es allerdings, seine Ankunft nicht angekündigt zu haben.

Da ihm Gerald vorausgereist war, hatte Bateson am Berkeley Square auf ihn gewartet und von zwei Dienern den roten Teppich ausrollen lassen, als seine Kutsche vor dem Stadtpalais gehalten hatte.

Hier jedoch gab es keinen roten Teppich und keinen Butler, der ihn willkommen geheißen hätte. Die Tür stand auf, die Halle war leer.

Sollte Lady Alvina gar nicht da sein?

Wie seit ewigen Zeiten standen die steinernen Bildnisse von Göttern und Göttinnen in ihren Nischen und bewachten stumm die geschwungene Treppe mit dem kunstvoll gedrechselten vergoldeten Geländer.

Obwohl ihn niemand empfangen hatte, schlug ihm das Herz höher. Er hatte das Gefühl, endlich wieder zu Hause zu sein.

Er betrachtete die alten, zum Teil schon brüchigen Fahnen, die zu beiden Seiten des Kamins aufgepflanzt waren. Sie zeugten von Schlachten, aus denen seine Vorfahren siegreich hervorgegangen waren.

Der Herzog ging gemessenen Schrittes durch die hohen Räume. Um ihn herum war alles totenstill.

Im ersten Stock, links von der Treppe, befand sich die Gemäldegalerie, rechts davon die Schlafgemächer – das der Königin Elizabeth, das von Charles II. und von Königin Anne, und anschließend die privaten Räume des Herzogpaares, in denen so viele seiner Vorfahren geboren worden und gestorben waren.

Im Erdgeschoß rechts von der Halle, befand sich der große Speisesaal, in dem zu Richards einundzwanzigstem Geburtstag das Festbankett abgehalten worden war.

Das kleine Speisezimmer, von William Kent entworfen, lag direkt daneben. Hier nahm die Familie die Mahlzeiten ein, wenn niemand zu Gast war.

Er ging nach links, wo sich die Bibliothek befand mit ihren Erstausgaben von Shakespeares Dramen und den unzähligen Büchern, die durch Jahrhunderte hindurch gesammelt worden waren.

Daran anschließend kamen, durch breite Flügeltüren verbunden, der Rubens-Salon, der Rote Salon, das Zeltzimmer, wegen seiner gestreiften Tapete so genannt, und schließlich noch der Blaue Salon.

In diesem letzten Salon hingen die Miniaturen.

Die menschenleere Stille wurde immer beunruhigender. Mit gemischten Gefühlen öffnete der Herzog die Tür zum Rubens-Salon. Seine Befürchtungen bestätigten sich. Die Möbel waren mit Tüchern abgedeckt, die Läden geschlossen.

Er zog die Tür zu, ging wieder zurück und betrat die Bibliothek.

Hier gab es wenigstens Tageslicht, aber es roch genauso muffig. Der große Raum mit den Bücherschränken, die bis zur Decke reichten, machte einen vernachlässigten, verstaubten Eindruck.

Der Herzog wollte sich gerade abwenden, als er in einer Ecke ein Zimmermädchen auf einer Leiter stehen und einen der Samtvorhänge abbürsten sah.

„Wo ist eigentlich die Dienerschaft?" fragte er in gereiztem Ton. „Kein Mensch in der Halle – so etwas hat es noch nie gegeben!"

Das Mädchen kletterte eiligst von der Leiter und drehte sich um. Es hatte ein Tuch um den Kopf gebunden und trug eine dunkle Schürze.

„Ist Lady Alvina im Schloß?" fragte der Herzog. „Ich wünsche sie zu sprechen."

Zwei große blaue Augen sahen ihn erschreckt an. Das Mädchen brachte keinen Ton heraus.

„Ich bin der Herzog von Harlington", stellte er sich vor.

Das Mädchen hielt die Luft an. „Ich . . . ich wähnte Sie in Frankreich", stammelte es.

Der Herzog lächelte.

„Ich bin heute früh nach England zurückgekommen."

Das Mädchen war fassungslos.

„Warum haben Sie uns es nicht wissen lassen", fragte es mit zaghafter Stimme. „Ich habe nie verstanden, wie Sie so lange haben wegbleiben können."

In diesem Moment wußte der Herzog, wen er vor sich hatte.

„Gehe ich recht in der Annahme, daß Sie meine Cousine Alvina sind?" fragte er.

„Ja", antwortete die junge Frau. „Ich habe gewartet und gewartet, bis ich es schließlich aufgegeben habe. Ich habe nicht mehr zu hoffen gewagt, daß Sie je nach England zurückkehren werden."

Verzweiflung schwang in ihrer Stimme.

„Ich muß Sie bitten, mein langes Wegbleiben zu entschuldigen", erklärte der Herzog. „Meine Pflichten in Paris ließen eine Rückkehr nicht zu. Ich hatte den Herzog von Wellington gebeten, mich von ihnen zu entbinden, aber er hat es nicht getan."

Es fiel dem Herzog nicht leicht, sich zu entschuldigen, aber in diesem Fall glaubte er es tun zu müssen.

„Ich verstehe nur nicht", fügte er hinzu, „warum Sie mir nicht geschrieben haben."

„Ich habe Ihnen nach Papas Tod geschrieben, aber nie eine Antwort bekommen."

„Ihr Brief hat mich nicht erreicht."

„Nein?" Lady Alvina zwang sich zu einem schwachen Lächeln. „An diese Möglichkeit habe ich gar nicht gedacht."

„Was haben Sie dann gedacht?" fragte der Herzog.

„Ich weiß es selbst nicht so recht. Ich habe angenommen, daß es Sie vielleicht nicht interessiert, wie wir hier zurechtkommen."

„Ich kann natürlich nichts dafür, daß ich Ihren Brief nicht erhalten habe“, erklärte der Herzog in versöhnlichem Ton, „aber die Schuld liegt bei mir. *Ich* hätte Ihnen schreiben müssen.“

Lady Alvina schwieg.

„Ich kann mir mein Versäumnis nur damit erklären“, fügte der Herzog hinzu, „daß Sie in meiner Vorstellung immer noch die kleine Cousine von damals waren. Mit ‚damals‘ meine ich Richards einundzwanzigsten Geburtstag.“

„Sie haben nach dem Tod meines Bruders an Papa geschrieben“, sagte Lady Alvina. „Das war sehr nett und aufmerksam von Ihnen. Ich muß mich für Papa entschuldigen. Er hat nicht einen der vielen Kondolenzbriefe gelesen und mir ausdrücklich verboten, darauf zu antworten.“

Der Herzog, der nicht so recht wußte, was er darauf sagen sollte, ging zum Fenster und sah hinaus.

„Ich konnte mit dem besten Willen nicht früher kommen“, erklärte er, Alvina den Rücken zugekehrt. „Ich sehe ein, daß ich jetzt, da ich endlich zurück bin, eine Menge zu ergründen und wohl auch zu verstehen habe.“

„Eine große Menge sogar.“

Der Herzog drehte sich zu Alvina um. Er war überzeugt davon, daß sich ihre Bemerkung auf die Stücke bezog, die sie ins Pfandhaus getragen hatte.

Er spürte, wie der Zorn in ihm aufstieg. Daran gewöhnt, sich zu beherrschen, sah er sie lediglich mit eisigem Blick an.

„Verehrte Cousine“, sagte er in ruhigem, aber unversöhnlichem Ton. „Ich möchte vor allem verstehen, wie Sie es wagen konnten, Kunstgegenstände aus dem Schloß zu entfernen und zu einem Pfandleiher zu bringen."

Lady Alvina war bei seinen Worten zusammengezuckt. Schweigend nahm sie Kopftuch und Schürze ab und sah ihn mit großen, angstvollen Augen an.

Sie war eine zarte, schlanke Person mit blonden, etwas zerzausten Haaren. Obwohl der Herzog fast Mitleid mit ihr hatte, blieb er hart.

„Wie sich eine Harling so schmählich benehmen kann, ist mir ein Rätsel", fuhr er fort. „Ich verlange von Ihnen, daß Sie mir die Wahrheit sagen. Warum haben Sie Geld gebraucht und wofür?"

Seine Stimme klang barscher als beabsichtigt.

Als sie immer noch nach Ausflüchten zu suchen schien und schwieg, verlor er die Geduld.

„Wollten Sie Rache nehmen", herrschte er Lady Alvina an, „weil sie mir den Titel, den Ihr Bruder hätte erben sollen, nicht gönnten? Oder haben Sie das Geld einem Mann zukommen lassen, der sich in ihre Gunst geschlichen hat? Seit fast drei Jahren, seit dem Tod Ihres Vaters, stehen Sie in der Zinsschuld des Pfandleihers Pinchbeck. Wüßte er von Ihrem schändlichen Tun, Ihr Vater würde sich im Grabe umdrehen."

„Ich . . . ich kann Ihnen alles erklären", stammelte Lady Alvina, den Tränen nahe.

„Ich möchte doch sehr darum bitten."

„Ich sah mich dazu gezwungen, weil Papa . . ."

Am ganzen Leib zitternd brach sie ab. Die Tränen schossen ihr aus den Augen. Sie wandte sich abrupt von ihm ab und lief aus der Bibliothek.

Typisch Weibsperson, dachte der Herzog wütend. Wenn sie nicht mehr ein noch aus wissen, fangen sie an zu heulen.

Er sah sich nach dem Glockenstrang um, fand aber keinen. Sein Blick streifte das aus massivem Silber geschmiedete Kamingitter. Es schien seit Jahren nicht geputzt worden zu sein, denn es war schwarz wie gewöhnliches Schmiedeeisen.

Entrüstet verließ er die Bibliothek. In der Halle war immer noch keine Menschenseele zu sehen.

„Was zum Teufel ist hier eigentlich los?“ rief er.

Die Tür des großen Speisesaals ging auf, und ein weißhaariger Mann kam heraus. Er sah den Herzog mit zusammengekniffenen Augen an, schien ihn plötzlich zu erkennen und verbeugte sich.

„Willkommen, Euer Gnaden“, sagte er mit altersschwacher Stimme.

„Wie heißen Sie?“ fragte der Herzog streng. „Sie kommen mir nicht ganz unbekannt vor.“

„Ich bin Walton, Euer Gnaden.“

„Ach ja, richtig. Sie waren früher Butler?“

„Ja, Master Ivar . . . Euer Gnaden. Ich habe als erster Diener angefangen und mich zum Butler hochgedient. Ich erinnere mich noch genau an Euer Gnaden. Als wäre es gestern gewesen, sehe ich den kleinen Master Ivar vor mir. Euer Gnaden waren ein feiner Junge.“

„Ich freue mich, Sie wiederzusehen, Walton“, sagte der Herzog, den die herzlichen Worte des alten Mannes freuten. „Sie müssen mir bitte erklären, was hier los ist. Als ich ankam, stand nicht ein Diener in der Halle. So etwas hat es doch noch nie gegeben.“

„Wir hatten nicht mit Ihrer Ankunft gerechnet, Euer Gnaden“, sagte der Butler, einen leicht vorwurfsvollen Unterton in der Stimme.

„Gut, das weiß ich“, entgegnete der Herzog. „Und ich weiß auch, daß seit dem Krieg vieles anders geworden ist, aber ich habe trotzdem nicht damit gerechnet, daß alle Räume im Schloß allem Anschein nach unbenutzt sind.“

„Es ist uns nichts anderes übriggeblieben, Euer Gnaden.“

„Was soll das heißen? Es fehlt doch wohl kaum an Personal, oder?“

„Doch, Euer Gnaden.“

Der Herzog traute seinen Ohren nicht.

„Ich wünsche, daß man mir diese merkwürdigen Zustände erklärt“, sagte der Herzog. „Wer trägt hier die Verantwortung?“

„Lady Alvina, Euer Gnaden. Seit dem Tod des alten Herzogs kümmert sich Lady Alvina um das Schloß und alles, was dazu gehört.“

Der Herzog bedauerte es, so barsch zu ihr gewesen zu sein, daß sie weggelaufen war.

„Da Lady Alvina im Augenblick nicht zu sprechen zu sein scheint, erklären Sie mir bitte, wie die Dinge liegen, Walton. Welche Räume benutzt Lady Alvina? Außer der Bibliothek, meine ich.“

„Die Bibliothek wird normalerweise auch nicht benutzt, Euer Gnaden. Sie ist meistens abgeschlossen. Lady Alvina fand es nur nötig, die Vorhänge nicht allzusehr einstauben zu lassen.“

Die Verwirrung des Herzogs wuchs.

„Kann man sich denn nirgends hinsetzen?“ fragte

er. „Man wird doch nicht von mir erwarten, daß ich in der Halle stehen bleibe."

Die Stimme des Herzogs klang gereizt.

„Lady Alvina benutzt das Frühstückszimmer, Euer Gnaden", sagte der Butler. „Es ist im Moment der einzige bewohnte Raum."

Der Butler führte ihn in das helle Zimmer, dessen Fenster nach Süden zum See hinausgingen.

Da die Damen es vorgezogen hatten, ihr Frühstück im Bett oder in ihrem Boudoir zu sich zu nehmen, hatten sich früher nur die Herren hier versammelt.

Der Herzog erinnerte sich noch genau, wie sehr er in jungen Jahren diese Mahlzeit genossen hatte, bei der sich der Tisch zu biegen schien.

Frisch gebackene Brötchen, die köstlichsten selbstgemachten Marmeladen und Gelees, gesalzene Butter, Aufschnitt- und Käseplatten, Rühreier mit Schinken, gebratene Leber, kleine Fischgerichte und verführerisch duftender Kaffee oder Tee – es hatte alles gegeben, was das Herz begehrte.

Irgendwie hatte der Herzog damit gerechnet, all diesen Luxus bei seiner Rückkehr wiederzufinden, doch nichts schien so wie früher zu sein.

Statt des großen runden Tisches stand nun lediglich ein Nähkästchen vor einem der Fenster, das als Ablage für ein Tablett diente. Die Konsolen, auf denen damals die silbernen Schüsseln abgestellt worden waren, hatten niedrigen Bücherregalen weichen müssen. Vor dem Kamin standen zwei kleine Sessel, die dazu passende Chaiselongue war in eine Ecke geschoben. An früher erinnerten nur noch die Gemälde von englischen Meistern des 17. Jahrhunderts.

Das Möbelstück, das den Herzog am meisten in diesem Raum befremdete, war ein Sekretär, auf dem Stöße von Papier und, wie er fürchtete, unbezahlte Rechnungen lagen.

Obwohl er sich wie ein Eindringling vorkam, nahm der Herzog in einem der kleinen Sessel Platz.

„So, Walton", sagte er. „Jetzt erklären Sie mir bitte, warum das alles so ist. Warum werden die einzelnen Räume nicht benutzt? Warum steht nicht ein Diener in der Halle? Und warum nimmt Lady Alvina mit dieser kümmerlichen Umgebung vorlieb?"

Der Butler schüttelte verzweifelt den Kopf.

„Euer Gnaden werden das alles nicht verstehen", sagte er.

„Da haben Sie allerdings recht, Walton. Ich verstehe es mit dem besten Willen nicht. Und deshalb gleich noch eine brennende Frage: Wie konnten Sie es zulassen, daß Lady Alvina die Germain-Schale aus dem Panzerschrank nimmt und in London in ein Pfandhaus bringt?"

Es folgte Schweigen, und der Herzog verlor erneut die Geduld.

„Ich verlange von Ihnen, daß Sie mir die Wahrheit sagen, Walton", herrschte er den Butler an. „Ich erfahre sie ja doch, will sie aber jetzt hören!"

„Wie Euer Gnaden wünschen", sagte Walton mit zitternder Stimme. „Die Erklärung ist einfach – Lady Alvina hatte kein Geld mehr."

3

Der Herzog war sprachlos.

„Was soll das heißen?" fragte er, nachdem er sich einigermaßen gefangen hatte.

Walton räusperte sich vor Verlegenheit.

„Das war so, Euer Gnaden", antwortete er. „Löhne und Renten mußten bezahlt werden, aber es war absolut kein Geld da. Nicht einmal für Nahrungsmittel hat es mehr gereicht."

„Das glaube ich nicht!" erklärte der Herzog. „Mein Cousin Richard hat ein Vermögen hinterlassen."

Walton machte ein Gesicht, als wäre er am liebsten davongelaufen.

„Ich glaube, der Krieg ist an vielem schuld, Euer Gnaden. Alles wurde immer teurer und unser verstorbener Herzog hat die Konsequenzen gezogen und hat sich eingeschränkt, wo es nur ging."

„Mein Cousin?" fragte der Herzog.

„Ja, Euer Gnaden, und sein Vater auch schon."

Der Herzog schüttelte den Kopf. Er war fassungslos. Auf der Bank lag ein Vermögen, und Richard und dessen Vater sollten so sparsam gewesen sein, daß sie jede überflüssige Ausgabe gestrichen hatten?

Unter den in Paris stationierten Offizieren waren die Zustände in England natürlich heftigst diskutiert worden.

Unter anderem, daran mußte der Herzog jetzt denken, war von einem Herzog von Buccleuch die Rede gewesen, der seinen Pächtern wegen der miserablen Wirtschaftslage den jährlichen Zins erließ und aus Sparsamkeitsgründen nicht mehr nach London fuhr.

Da ihn die Probleme, die ganz Europa betrafen, mehr interessiert hatten, hatte der Herzog nur mit halbem Ohr zugehört.

Jetzt allerdings machte er sich Vorwürfe, sich nicht wenigstens erkundigt zu haben, wie es auf seinem eigenen Besitz stand.

In den Zeitungen war von Unruhen auf dem Land berichtet worden, und aus England kommende Politiker und Diplomaten hatten diese Meldungen bestätigt. Da Tausende von Soldaten und Matrosen entlassen und nach Hause geschickt worden waren, war der Arbeitsmarkt plötzlich überfüllt gewesen, was sich prompt auf die Löhne ausgewirkt hatte. Da der kleine Mann froh sein mußte, wenn er überhaupt Arbeit fand, gab er sich mit einem Lohn zufrieden, der oft nur die Hälfte dessen betrug, was vor dem Krieg bezahlt worden war.

Der Herzog, der bisher nicht darüber nachgedacht hatte, sah sich demnach vor Probleme gestellt, die einer dringlichen Lösung bedurften.

Dennoch kam ihm die von Walton beschriebene Geldknappheit unglaubhaft vor. Die Bank hatte ihm schließlich bewiesen, daß Mittel vorhanden waren, und zwar im Überfluß.

„Ich vermute“, sagte er zu Walton, „daß gehörig übertrieben wurde.“

„Inwiefern, Euer Gnaden?“ fragte der alte Butler.

„Der Güterverwalter scheint die Lage sehr schwarz gezeichnet zu haben."

„Wir hatten keinen Verwalter, Euer Gnaden."

„Wie bitte?" fragte der Herzog in scharfem Ton.

„Wenige Monate vor dem Tod von Herzog Richard, hatten Seine Gnaden eine schwere Auseinandersetzung mit Mr. Fellows, der nach dreißig Jahren Dienst fristlos entlassen wurde."

„Und es wurde kein neuer Verwalter eingestellt?"

„Nein, Euer Gnaden."

„Wer hat sich dann um alles gekümmert?"

„Lady Alvina, Euer Gnaden. Sie können mir glauben, daß Sie es nicht leicht gehabt hat. Weiß Gott nicht! Vorn und hinten kein Geld, und hungrige Mäuler, die gestopft werden mußten."

„Ich kann es immer noch kaum glauben", sagte der Herzog. „Wie viele Angestellte sind im Augenblick im Schloß beschäftigt?"

„Meine Frau und ich, Mylord", antwortete der Butler. „Außerdem Mrs. Johnson, die Köchin. Sie ist schon seit vierzig Jahren hier. Euer Gnaden erinnern sich bestimmt an sie. Und dann noch die alte Emma, aber sie geht auf die Achtzig zu und kann nicht mehr viel tun."

„Ist das alles?"

„Ja, Euer Gnaden. Alle anderen sind auf Anweisung des Herzogs entlassen worden oder von selbst gegangen."

„Das ist doch nicht die Möglichkeit!"

Der Herzog schüttelte fassungslos den Kopf.

„Vielen Dank, Walton", fügte er schließlich hinzu. „Ich bin froh, daß Sie mich aufgeklärt haben. Alles

Weitere werde ich mit Lady Alvina besprechen müssen. Bitte, sagen Sie ihr, daß ich sie erwarte."

Walton trat von einem Fuß auf den anderen.

„Lady Alvina ist meines Wissens nicht im Schloß, Euer Gnaden", sagte er.

Der Herzog setzte sich auf.

„Was soll das heißen – sie ist nicht im Schloß? Wo kann sie denn sein?"

Der Butler nahm seinen ganzen Mut zusammen.

„Lady Alvina war ganz verzweifelt, Euer Gnaden", sagte er. „Sie hat bloß ihren Schal gepackt und ist aus dem Haus gelaufen."

„Ich verstehe das alles nicht. Wo ist sie denn hingelaufen? Ich fürchte, ich habe sie gekränkt und das hätte ich natürlich nicht tun dürfen. Sagen Sie mir doch bitte, wo ich sie finde."

Walton wäre am liebsten im Boden versunken.

„Verzeihen Sie, Euer Gnaden", sagte er, „aber ich glaube nicht, daß Lady Alvina im Moment zu einem Gespräch bereit ist."

„Das verstehe ich", erklärte der Herzog ruhig. „Da Sie die Verhältnisse kennen, Walton, dürften Sie jedoch wissen, daß Lady Alvina die einzige Person ist, die mir helfen kann, die Dinge wieder in Ordnung zu bringen. So kann es schließlich nicht weitergehen."

In die Augen des alten Mannes kam ein Hoffnungsschimmer.

„Euer Gnaden werden verstehen, daß es für mich nicht einfach ist. Wenn ich Ihnen sage, wo Lady Alvina ist, verrate ich damit ein Geheimnis, von dem der alte Herzog – Gott hab' ihn selig – nichts wissen durfte. Er wäre außer sich gewesen."

Die Worte des Butlers schienen den Verdacht des Herzogs zu bestätigen: In Lady Alvinas Leben mußte es einen Mann geben, der ihrem Vater nicht gepaßt hatte.

„Die Gefühle und Entscheidungen meines verstorbenen Onkels in Ehren, Walton“, entgegnete er. „Inzwischen bin jedoch ich für das Herzogtum verantwortlich und ich werde mir daher erlauben, dieses und jenes anders zu machen. An erster Stelle gedenke ich das Leben auf dem Schloß wieder so zu gestalten, wie es früher gewesen ist.“

Der Herzog lächelte in sich hinein. Daß er plötzlich zu denen gehörte, die von den guten alten Zeiten sprachen, kam ihm fast grotesk vor. Da er seine Vorstellungen jedoch verwirklicht sehen wollte, blieb ihm nichts anderes übrig, als auf die Gepflogenheiten der Vergangenheit zurückzugreifen.

Walton schien immer noch mit sich zu kämpfen, nahm sich dann aber doch ein Herz.

„Als seine Gnaden anfingen, an allen Ecken und Enden zu sparen, wurde Miß Richardson, die Gouvernante von Lady Alvina, entlassen. Da sie niemanden auf der Welt hat und nicht wußte, wo sie hingehen sollte, hat Lady Alvina sie heimlich in das Gärtnerhäuschen einquartiert.“

„Tatsächlich?“

„Ja, Euer Gnaden. Miß Richardson ist auch nicht mehr die jüngste. Außerdem wird sie von Rheuma geplagt und ist schlecht auf den Beinen.“

„Und sie vermuten, daß Lady Alvina zu Miß Richardson gelaufen ist?“

„Ja, Euer Gnaden.“

„Dann gehe ich hin und bitte sie, zurückzukommen."

Der Herzog stand auf und ging zur Tür.

„Verzeihung, Euer Gnaden", sagte Walton. „Die Köchin wollte wissen, ob Sie im Schloß übernachten und was Sie am Abend zu speisen wünschen."

Nach allem, was der Herzog gehört hatte, wußte er die Frage richtig zu verstehen. Falls er im Schloß zu dinieren gedachte, mußte er der Köchin Geld zum Einkaufen geben, denn sie hätte es wahrscheinlich nie gewagt, ihm ein einfaches Linsengericht vorzusetzen.

„Hören Sie, Walton", sagte er. „Sie müssen mir helfen, wieder normale Verhältnisse zu schaffen. Ich nehme doch an, daß die Leute, die früher hier in Stellung gewesen sind, noch in der Gegend wohnen."

Der alte Butler nickte.

„Es wird eine Weile dauern, bis alles wieder seine Ordnung hat", fügte der Herzog hinzu. „Als erstes sollte man jedenfalls dafür sorgen, daß Mrs. Johnson eine Küchenhilfe bekommt und zwei oder drei Diener eingestellt werden, die bei Tisch servieren."

Er griff in die Tasche, holte seine Geldbörse heraus und legte sie auf den Tisch.

„Damit besorgen Sie erst einmal das Nötigste, Walton", sagte er. „Schicken Sie meinen Diener – er heißt übrigens Mark – ins Dorf oder zu einem Bauernhof und lassen Sie Eier und Fleisch, und was Mrs. Johnson eben sonst noch braucht, holen. Ich nehme an, daß wenigstens noch ein paar Pferde im Stall stehen."

„Nur die zwei, die Lady Alvina reitet, Euer Gnaden", erklärte Walton. „Eines davon ist allerdings schon sehr alt."

„Mark soll eins der Pferde nehmen. Und Sie, Walton, regeln, was geregelt werden kann. Sie brauchen keine Ausgabe zu scheuen."

Als der Herzog den Raum verließ, starrte Walton immer noch auf die Geldbörse, als traue er seinen Augen nicht.

Schon auf dem Weg aus dem Haus, machte der Herzog noch einmal kehrt und ging durch den Gang, der zur Küche und den dazugehörigen Räumen führte.

In der Anrichtekammer war alles so wie in seiner Erinnerung.

In der Ecke der große Panzerschrank, daneben der lange Tisch, auf dem Silber geputzt wurde, gegenüber das Klappbett für den jeweiligen Diener, der früher während der Nacht den Panzerschrank bewacht hatte.

Die Wände waren allerdings feucht und müßten dringend frisch gestrichen werden, und auch der Fußboden ließ zu wünschen übrig.

Der Herzog ging an Schränken und Türen vorbei in die Küche, in der ehedem eifrigst herumgewirtschaftet worden war.

Zahllose Anlernmädchen waren damit beschäftigt gewesen, Gemüse zu putzen oder Hühner zu rupfen, während Mrs. Johnson mit ihren Hilfen am Herd gestanden war und es nur so gebrutzelt, gedampft und geschmurgelt hatte. Die Kupferpfannen an den Wänden waren so blank gescheuert gewesen, daß man sich darin hatte spiegeln können, die Schinken, die am Deckenbalken aufgehängt waren, hatten einem das Wasser im Mund zusammenlaufen lassen.

Heute kam dem Herzog alles kleiner vor, und vor allem erschreckend leer. Außer einer alten, gebeugten

Frau am Spülstein, war keine Menschenseele zu sehen.

Er hatte Mühe, in ihr die rotbackige Köchin wiederzuerkennen, die ihn als Kind mit Honigbrot und Ingwerplätzchen verwöhnt hatte.

Sie allerdings erkannte ihn sofort wieder.

„Master Ivar!“ rief sie, ein Leuchten in den alten Augen. „Sind Sie es wirklich? Was für ein stattlicher Mann Sie geworden sind – auf mein Wort.“

„Vielen Dank, Mrs. Johnson“, entgegnete der Herzog lächelnd. „Schön, Sie wiederzusehen.“

Er schüttelte der Köchin die Hand.

„Walton hat mir erzählt“, fuhr er fort, „daß Sie schwere Zeiten durchgemacht haben, aber damit soll es nun vorbei sein. Sobald wir jemand finden können, bekommen Sie Hilfe.“

„Sie sind ein guter Mensch, Master Ivar.“

Der Herzog ignorierte die Bemerkung.

„Ich freue mich schon jetzt auf die köstlichen Speisen, die Sie mir immer so schmackhaft zubereitet haben, ehe ich wieder zum Studium nach Oxford mußte“, sagte er.

„Mein Gott, ist das lange her!“

„Ja, sehr lange.“

„In den letzten Jahren haben wir uns arg einschränken müssen, Master Ivar . . . Euer Gnaden.“ Die alte Frau stieß einen tiefen Seufzer aus. „Wenn Lady Alvina nicht gewesen wäre, hätten wir alle den Bettelstab nehmen müssen.“

„Walton hat es mir erzählt.“

„Und er hat bestimmt nicht übertrieben, Euer Gnaden. Wir waren ja schon heilfroh, daß wir im Schloß bleiben durften. Lady Alvina hat uns vor dem Armenhaus bewahrt."

„Sie werden sehen, Mrs. Johnson", sagte der Herzog in zuversichtlichem Ton, „bald ist alles wieder so, als wäre nie Krieg gewesen."

„Der abscheuliche Krieg ist an allem schuld, und vor allem dieser Unmensch von einem Napoleon. Tausende von jungen Männern sind auf den Schlachtfeldern geblieben. Es ist eine Schande. Nach dem Tod von Master Richard war unser alter Herzog ein gebrochener Mann. Man hat ihn nicht wiedererkannt, das können Sie mir glauben, Euer Gnaden."

„Zum Glück liegt eine bessere Zukunft vor uns, Mrs. Johnson." Der Herzog legte der alten Frau eine Hand auf die schmale Schulter. „Als erstes möchte ich Sie bitten, meinem Diener Mark zu sagen, an wen er sich im Dorf wenden kann. Er soll einkaufen, was fehlt, und vor allem dafür sorgen, daß Sie möglichst schnell entlastet werden. Morgen besprechen wir dann alles Weitere."

„Ja, Euer Gnaden, vielen Dank." Der alten Köchin traten die Tränen in die Augen. „Wenn ich nach Herzenslust einkaufen lassen darf, dann koche ich Ihnen eine Festmahlzeit für heute abend."

„Sie dürfen, Mrs. Johnson", entgegnete der Herzog lachend. „Die sieben mageren Jahre sind vorbei."

Damit verließ der Herzog die Küche und ging zu den Stallungen.

Wie vermutet, lag auch hier vieles im argen. Hilfe gab es keine, sein Diener hatte die Pferde allein versorgen müssen. Das Dach mußte dringend neu gedeckt, die Wände frisch gekalkt werden. Die Boxen waren zwar sauber, standen aber zum großen Teil leer. Die beiden Pferde, die Lady Alvina behalten hatte, waren keine Prachtstücke, aber sie waren gepflegt.

Sie striegelt sogar ihre Pferde selber, dachte der Herzog, der seiner Cousine insgeheim immer mehr Abbitte tat.

Während er seine Anweisungen gab, stellte er zufrieden fest, daß der Diener, ein einfacher Pferdeknecht, den Gerald für ihn angestellt hatte, von erstaunlich schneller Auffassungsgabe und bereit war, überall dort einzuspringen, wo es fehlte.

Nachdem er ihm alles erklärt und ihn zu Mrs. Johnson in die Küche geschickt hatte, machte er sich auf den Weg zum Gärtnerhaus.

Hinter Obstbäumen versteckt lag es am Rande des Gemüsegartens.

Wieder mußte der Herzog an früher denken. Obwohl nach den Mahlzeiten prinzipiell frische Früchte angeboten worden waren, hatte es für ihn und seinen Cousin Richard nichts Schöneres gegeben, als Äpfel, Pfirsiche, Nektarinen, grüne Feigen und Pflaumen vom Baum zu pflücken und zwischendurch zu essen.

Aus Angst, nur noch verwahrloste, von Unkraut überwucherte Beete vorzufinden, ging er nicht quer durch den Garten, sondern außen an der Mauer entlang.

Daß ihm auch hier kein Mensch begegnete, wunderte ihn schon nicht mehr. Walton hatte ihm schließlich berichtet, daß außer den vier Bediensteten im Schloß niemand mehr da war.

Um so mehr freute er sich, als er zu dem kleinen Haus kam. Die Fenster waren blitzblank geputzt, der kleine Vorgarten bot eine Fülle von Blumen, die in allen Farben leuchteten.

Der Herzog ging über den schmalen Kiesweg und klopfte an der Tür.

Es dauerte einen Moment, ehe er schlurfende Schritte hörte. Die Tür ging auf und eine alte, vornehm aussehende Frau mit schlohweißen Haaren stand vor ihm.

Der Herzog lächelte.

„Sie müssen Miß Richardson sein", sagte er und verbeugte sich leicht. „Darf ich mich Ihnen vorstellen – ich bin der Herzog von Harlington."

Miß Richardson wollte einen Knicks machen, schaffte es jedoch nicht.

„Ist meine Cousine Alvina bei Ihnen?" fragte der Herzog.

„Ja, Euer Gnaden", antwortete Miß Richardson. „Lady Alvina ist bei mir, will aber im Moment niemand sehen."

„Das kann ich verstehen, Miß Richardson", entgegnete der Herzog. „Da ich aber eben erst angekommen bin und alles ganz anders vorgefunden habe als erwartet, brauche ich ihre Hilfe."

Die ehemalige Gouvernante überlegte.

„Ich muß Euer Gnaden bitten", sagte sie schließlich, „einen Augenblick zu warten. Ich werde Lady Alvina fragen, ob sie bereit ist, Euer Gnaden . . ." Sie senkte die Stimme. „Lady Alvina ist im Moment etwas durcheinander."

„Daran bin ich schuld", erklärte der Herzog zerknirscht. „Ich war so entsetzt über die Zustände, die ich im Schloß vorfand, daß ich wohl sehr unfreundlich gewesen bin und sie gekränkt habe, was mir sehr leid tut."

Die alte Gouvernante legte die anfängliche Reserviertheit ab und bat den Herzog ins Haus.

„Ich muß Sie allerdings bitten, kurz in der Küche zu warten", fügte sie hinzu. „Ich will erst mit Lady Alvina reden."

Die Küche war mehr als bescheiden eingerichtet. Eine kleine Kochstelle, ein Tisch mit zwei Stühlen und ein Buffet, unter dessen Aufsatz ein Brotkorb stand.

Während Miß Richardson im Nebenraum verschwand, setzte sich der Herzog auf einen der Holzstühle und wartete.

Er fand es erschütternd, daß diese offensichtlich gebildete, kultivierte Frau gezwungen war, in so primitiven Verhältnissen zu leben.

Was mußte in seinem verstorbenen Onkel vorgegangen sein, daß er sich nicht gescheut hatte, Menschen vor die Tür zu setzen, die fast ein Leben lang in seinen Diensten gestanden hatten.

Der Herzog hörte Stimmen, konnte aber keine einzelnen Worte verstehen.

Die Tür ging schließlich wieder auf.

„Würden Euer Gnaden bitte hereinkommen?" sagte Miß Richardson.

Der Herzog stand auf und betrat den kleinsten Wohnraum, den er je gesehen hatte.

Er war so winzig, daß mit knapper Not zwei zierliche Sessel und ein Sekretär mit einem Hocker davor hineinpaßten.

An den Fenstern hingen Vorhänge aus einem Material, das einmal kostbar gewesen sein mußte, jetzt aber verblaßt und fadenscheinig war.

Als der Herzog hereinkam, stand seine Cousine auf. Ihre Augen waren verweint und wirkten riesig in ihrem schmalen Gesicht.

Der Herzog machte sich erneut Vorwürfe, so ungerecht und grob zu Lady Alvina gewesen zu sein.

Er hörte, wie die Tür hinter ihm geschlossen wurde.

„Ich möchte mich bei Ihnen entschuldigen."

Damit hatte sie offensichtlich nicht gerechnet, denn sie sah ihn ungläubig an und brachte kein Wort heraus.

„Ich hatte keine Ahnung", fuhr der Herzog fort, „daß Ihr Vater nichts hinterlassen hat und das Personal im Schloß auf ein Minimum zusammengeschrumpft ist. Wie hätte ich es auch wissen sollen."

Lady Alvina war so verlegen, daß sie den Blick senkte. Ihre schwarzen Wimpern warfen hauchzarte Schatten auf ihre blassen Wangen, und der Herzog glaubte, noch Tränen in ihnen glitzern zu sehen.

„Kommen Sie, setzen wir uns", forderte der Herzog sie auf. „Sie müssen mir alles erzählen, und ich kann Sie nur bitten, mir zu verzeihen, daß ich so unhöflich zu Ihnen gewesen bin."

Die Worte des Herzogs klangen einfach und ehrlich, und Lady Alvina sank in den Sessel, als versagten ihr die Beine den Dienst.

Der Herzog nahm ihr gegenüber Platz.

„Gehen wir einige Jahre zurück", schlug er vor. „Vielleicht erklären Sie mir erst einmal, wie es dazu kommen konnte, daß Sie völlig mittellos waren, während auf der Bank große Summen lagen, die nicht angetastet wurden und nun in meinen Besitz übergegangen sind."

„Große Summen?" wiederholte Lady Alvina. „Wollen Sie damit sagen, daß wir nicht bankrott sind?"

„Bankrott? Nie im Leben! Ihr Vater ist als sehr reicher Mann gestorben. Das müssen Ihnen die Vermögensverwalter doch mitgeteilt haben."

„Es gibt keine Vermögensverwalter."

„Wie bitte?"

Der Herzog fürchtete, schon wieder einen scharfen Ton angeschlagen zu haben und zwang sich ruhig zu bleiben.

„Verzeihen Sie", fügte er daher schnell hinzu. „Ich kann das alles einfach nicht fassen und bitte Sie noch einmal inständig, mich aufzuklären."

„Papa schien der Überzeugung zu sein, daß wir in finanziellen Nöten sind", sagte Lady Alvina schüchtern.

„Von der Köchin erfuhr ich, daß Ihr Vater nach Richards Tod ein völlig gebrochener Mann gewesen ist."

„Das stimmt", sagte Lady Alvina. „Aber auch schon vorher war er sehr besorgt gewesen. Er hat nur noch von Sparmaßnahmen gesprochen. Papa hatte ein merkwürdiges Verhalten zum Geld. Wenn es hier im Schloß angenehm und gemütlich gewesen ist, dann nur, weil Mama sich darum bemüht hat. Ihr war sehr viel daran gelegen, daß sich alle wohl fühlten."

„Das kann ich aus meiner Erinnerung nur bestätigen", sagte der Herzog. „Jedenfalls hat es bei Richards einundzwanzigstem Geburtstag an nichts gefehlt. Es war ein rauschendes Fest."

„Mama hatte alles arrangiert", sagte Lady Alvina.

„Ich habe mich nach dem Tod meines Bruders oft damit zu trösten versucht, daß er wenigstens das noch erleben durfte."

„Er war ein Mensch, der so gerne fröhlich gewesen ist. Obwohl er in Oxford zu den besten Studenten zählte, gehörte er weiß Gott nicht zu denen, die dauernd über ihren Büchern saßen. Er nahm an jeder Sportveranstaltung teil, und eine Party ohne ihn wäre keine richtige Party gewesen."

Lady Alvina lächelte. Es schien sie zu freuen, daß der Herzog ihren Bruder als so positiven, lebensbejahenden Menschen schilderte.

„Ich bin ihm kurz vor seinem Tod noch begegnet", erzählte der Herzog weiter. „Er war wie immer guter Dinge und hat noch Wetten über das Kriegsende abgeschlossen."

Lady Alvina nickte.

„Wenn Richard nach Hause zurückgekehrt wäre, wäre alles anders geworden", erklärte sie. „Als er von uns ging, hat, glaube ich, auch Papa mit dem Leben abgeschlossen."

„Erzählen Sie mir, was passiert ist", bat der Herzog.

„Wie ich schon sagte, war Papas Sparsamkeit bereits vor dem Tod meines Bruders zur Manie geworden. Danach war Papa nicht wiederzuerkennen. Er hatte sich völlig verändert und weigerte sich, mir auch nur einen Penny zur Verfügung zu stellen."

Sie sah den Herzog an und zuckte mit den Schultern.

„Was ist mir denn anderes übriggeblieben?" fuhr sie fort. „Ich weiß, daß Sie es mir übelnehmen, aber ich *mußte* die Sachen ins Pfandhaus bringen. Ich konnte die Leute, die von uns Rente beziehen, doch nicht verhungern lassen. Hätte ich zusehen sollen, wie sie ins Armenhaus wanderten?“

„Aber es muß doch irgend jemand dagewesen sein, der Ihnen hätte helfen können. Wenn es schon keine Vermögensverwalter gegeben hat, dann wäre es doch die Pflicht der Gutsverwalter gewesen, Ihnen unter die Arme zu greifen.“

Lady Alvina hob hilflos die Hände.

„Der eine starb, noch ehe Richard in den Krieg zog“, erklärte sie. „Der zweite war sehr alt und taub. Wir haben ihn im vergangenen Jahr zu Grabe getragen. Und Sir John Sargent, der dritte, lebt in Schottland und kommt nie in den Süden.“

„Also standen Sie wirklich ganz allein da.“

„Ja. Ich habe mit dem Gedanken gespielt, mich an die Familie zu wenden, aber Papa hatte sich fast mit allen zerstritten. Die wenigen, die uns noch gewogen waren, schrieben wütende Briefe, als die monatlichen Zuwendungen ausblieben. Papa hat die Briefe nicht gelesen, geschweige denn beantwortet.“

Der Herzog schüttelte fassungslos den Kopf.

„Ich verstehe vollkommen, daß Sie nicht anders handeln konnten, Alvina“, sagte er, „aber daß es niemand gegeben hat, der Ihnen zur Seite gestanden wäre, will mir einfach nicht in den Sinn.“

„Ich habe überlegt und überlegt“, berichtete Lady Alvina. „Es ist mir mit dem besten Willen niemand eingefallen, an den ich mich hätte wenden können. Papa hatte nicht nur alle Verwandten verärgert, sondern auch die Nachbarn. Niemand hatte mehr zu uns ins Schloß kommen dürfen. Er hat allein in der Bibliothek gesessen und sich geweigert, jemand zu empfangen. In Stöße von Zeitungen vergraben hat er auf das Kriegsende und die Rückkehr seines Sohnes gewartet."

Sie stieß einen tiefen Seufzer aus.

„Richard wäre der einzige gewesen, der Papa an seine Pflichten hätte erinnern können", fuhr sie fort. „Er hätte ihm sagen können, daß man Menschen, die von einem abhängig sind, nicht einfach fallenlassen kann. Auf ihn hätte er gehört. Mich hat Papa nie geliebt. Zum einen, weil er sich einen zweiten Sohn gewünscht hatte und zum zweiten, weil Mama nach meiner Geburt sehr schwach gewesen ist und sich nie wieder ganz erholt hat. Nach Richards Tod hat Papa mich dann gehaßt, ich habe es genau gespürt. Mein bloßer Anblick hat ihn zur Raserei gebracht."

Lady Alvina strich den Rock ihres einfachen, abgetragenen Kleides glatt, als sei sie sich plötzlich bewußt, wie schäbig sie angezogen war.

„Ich habe seit Jahren nichts für mich persönlich ausgeben können", sagte sie mit einem entschuldigenden Lächeln. „Als ich aus meinen eigenen Sachen herausgewachsen war, trug ich Mamas Kleider auf. Zum Glück hatte ich Miß Richardson. Sie kann nähen und hat mir dies und jenes geändert. Da alle Dienstboten entlassen waren und ich viel im Haus tun mußte, wurden die Sachen leider sehr strapaziert."

„Warum haben Sie die Gegenstände, die Sie zum Pfandleiher getragen haben, nicht gleich verkauft?" fragte der Herzog. „Das hätte Ihnen doch mehr Geld eingebracht?"

„Schon, aber sie gehören doch zur Erbmasse", erklärte Lady Alvina und schüttelte den Kopf. „Ich wäre mir wie ein Diebin vorkommen. So hatte ich wenigstens die Hoffnung, daß sie nicht für immer verloren sind.“

„Und woher wußten Sie von diesem Pinchbeck?“ fragte der Herzog.

„Ich denke manchmal“, antwortete Lady Alvina, „daß nichts im Leben Zufall und einem alles vorbestimmt ist.“

„Wie meinen Sie das?“

„Richard hatte im ersten Semester in Oxford Schulden gemacht. Als er in den Sommerferien nach Hause kam, hat er Papa um Geld gebeten, um die Schulden begleichen zu können. Papa hat getobt und gewettert, aber er hat schließlich bezahlt. Als alles erledigt zu sein schien, ist Richard eine Rechnung zugeschickt worden, die er vergessen hatte.“

„Und?“ fragte der Herzog.

„Da er nicht gewagt hat, noch einmal zu Papa zu gehen und um Geld zu bitten, hat er mit mir darüber gesprochen. Ich war damals fast noch ein Kind und konnte ihm nicht helfen, aber ich hatte plötzlich den rettenden Einfall, denn ich hatte heimlich einen Roman gelesen, in dem von einem Pfandleiher die Rede gewesen war. Als ich Richard den Vorschlag machte, einen solchen Menschen aufzusuchen, sprang er vor lauter Freude in die Höhe.

„Das denke ich mir“, sagte der Herzog.

„Er hat mich in der Taille gepackt“, fuhr Lady Alvina fort, „hat mich geküßt und im Kreis herumgewirbelt. ‚Mein kluges Schwesterchen‘, hat er gesagt. ‚Meine schlaue Vina. Noch heute fahre ich nach London und versetze meine goldenen Manschettenknöpfe und meine goldene Taschenuhr'."

„Und auf diese Weise haben Sie von der Existenz eines Emmanuel Pinchbeck erfahren?"

„Ja", antwortete Lady Alvina. „Er hat mir berichtet, wieviel er damals bekommen hat. Heute weiß ich die Summe nicht mehr, aber das ist ja auch nicht wichtig. Viel wichtiger war, daß er die Sachen schon bald wieder einlösen konnte, denn Papa hatte ihm kurz darauf aus einer Laune heraus eine größere Summe zur Verfügung gestellt."

„Wie der Zufall es wollte, haben Sie sich zum Glück an einen ehrlichen Mann gewandt", sagte der Herzog. „Obwohl dieser Emmanuel Pinchbeck das Geld nötig hätte brauchen können, hat er nicht einen der Gegenstände verkauft und mich heute morgen im Stadtpalais aufgesucht."

„Demnach wissen Sie es von ihm?"

„Ja."

„Und Sie waren entsetzt?"

„Sehr sogar", sagte der Herzog. „Ich hatte nicht das geringste Verständnis dafür."

„Aber jetzt verstehen Sie es?"

„Ja, und ich bitte Sie nochmals um Vergebung. Ich habe Sie völlig falsch eingeschätzt."

Lady Alvina stieß einen Seufzer aus, der aus tiefem Herzen kam.

„Und was gedenken Sie jetzt zu tun?" fragte sie.

„Ich gedenke aus dem Schloß wieder das zu machen, was es früher gewesen ist", antwortete der Herzog. „Alles soll wieder so sein, daß die Menschen sich hier wohl fühlen und gerne kommen. Aber als allererstes muß dafür gesorgt werden, daß die Rentner und alle anderen, die seit dem Tod Ihres Vaters oder vielmehr Ihres Bruders zu kurz gekommen sind, wieder zufriedengestellt werden.“

Lady Alvina schlug vor Freude die Hände zusammen und konnte die Tränen nur mit Mühe zurückhalten.

„Ist das Ihr Ernst?“ fragte sie.

„Natürlich ist das mein Ernst“, entgegnete der Herzog lachend. „Aber Sie müssen mir dabei helfen, Alvina.“

„Nichts würde ich lieber tun.“

„Das freut mich. Ohne Sie bin ich verloren. Sie müssen mir zeigen, wo ich anfangen und wie ich vorgehen soll.“

„Ich habe alles, jeden einzelnen Penny, den ich ausgegeben habe, aufgeschrieben“, erklärte Alvina. „Ich werde Ihnen mein Kassenbuch vorlegen. Wenn Sie Einblick genommen haben, werden Sie verstehen, daß es nicht nur darum geht, den Rentnern und Verwandten, die von meinem Vater abhängig waren, wieder ihr monatliches Entgelt zukommen zu lassen. Auch unsere Bauern und all diejenigen, die auf dem Besitz leben, sollen wieder spüren, daß das Herzogtum nicht mehr verwahrlost ist.“

Der Herzog sah sie an. „Die Bauern?“ fragte er.

„Ja, unsere Pächter“, erklärte Lady Alvina. „Als sie nicht mehr in der Lage waren, ihren Zins zu entrichten, wollte Papa sie verjagen.“

„Also haben Sie das nötige Geld aufgebracht und Ihren Vater in dem Glauben gelassen, die Bauern hätten ihre Schulden bezahlt?“

Lady Alvina nickte.

„Wenn es nach ihm gegangen wäre, hätte er alle entlassen und nur seinen Kammerdiener behalten", berichtete sie.

„Und wer hätte dann kochen und alles sauberhalten sollen?"

„Ich. Papa hat gesagt, ich könne ruhig auch einmal etwas tun."

„Verzeihen Sie, Alvina", sagte der Herzog, „aber ihr Vater muß nicht ganz bei Trost gewesen sein."

„Papa war krank." Lady Alvina schüttelte traurig den Kopf. „Allein die Tatsache, daß ihn mein Anblick zur Raserei brachte, ist der beste Beweis dafür."

„Und was ist aus seinem Kammerdiener geworden?" fragte der Herzog.

„Er ist vor zwei Monaten gestorben", antwortete Lady Alvina. „Er war sehr alt und hat sich, glaube ich, nur noch meinetwegen durch das Leben geschleppt. Ihm ist es ergangen wie den Waltons. Wenn er hätte gehen müssen, wäre ihm nur das Armenhaus geblieben."

„Es ist nicht zu glauben!"

Das Schloß war voll von Wertgegenständen und auf der Bank lag ein Vermögen, aber nichts war getan worden, um Leuten zu helfen, die ein Leben lang treue Dienste getan hatten. Ihre einzige Rettung war Lady Alvina gewesen.

„Da Papa nur noch von unserer Armut gesprochen hat", erklärte sie, „und ich natürlich nicht einmal auf die Idee gekommen wäre, an seinen Worten zu zweifeln, habe ich es nicht gewagt, Reparaturen an den Rentnerhäuschen vornehmen zu lassen, die größtenteils in einem beklagenswerten Zustand sind. Ich habe den armen Leuten zukommen lassen, was ich nur erübrigen konnte. Es war lächerlich wenig und hat mit knapper Not fürs Essen gereicht. Mehr konnte ich nicht für sie tun, aber sie haben es Gott sei Dank eingesehen und mich nicht bedrängt."

„Es muß ein Alptraum gewesen sein", sagte der Herzog.

„Ja, das war es", entgegnete Lady Alvina. „Wenn ich mich gezwungen sah, das nächste Stück aus dem Panzerschrank zu nehmen, kam ich mir jedesmal wie eine Diebin vor. Wie jemand, der die eigene Familie bestiehlt. Aber ich konnte doch all die Menschen nicht im Stich lassen."

„Natürlich nicht. Ihr Verantwortungsbewußtsein ist beispielhaft, Alvina. Sie können nicht ermessen, wie froh und dankbar ich bin, daß Sie die Wertgegenstände aus dem Familienbesitz nicht verkauft haben. Sie scheinen ebenso daran zu hängen wie ich."

Seine lobenden Worte ließen sie zum Erröten bringen.

„Und Sie glauben wirklich, daß Sie alles wieder in Ordnung bringen können?" fragte sie.

„Ja", antwortete der Herzog. „Mit Sicherheit. Ich werde Ihnen nicht sagen, wieviel Geld Ihr Vater hinterlassen hat, denn Sie würden sich nur aufregen, und das zu recht. Ich schlage vor, daß wir jetzt zum Schloß zurückgehen und die ersten konkreten Pläne machen."

Er stand auf.

„Mir kommt gerade der Gedanke", fügte er hinzu, „daß unsere Nachbarn und die Leute aus der Umgebung neugierig auf den neuen Herzog sind. Falls Sie im Schloß wohnen bleiben, worum ich Sie inständig bitte, brauchen Sie daher eine Gesellschafterin."

Alvina sah ihn erstaunt an.

„Es wäre schön, wenn Miß Richardson sich entschließen könnte, wieder im Schloß zu wohnen. Sie wäre die ideale Person. Außerdem habe ich den Eindruck, daß Sie sich gegenseitig mögen, und wir wollen uns doch nicht unnötiger Kritik aussetzen."

Lady Alvina lachte. Es war ein herzliches, befreites Lachen.

„An die Kritik der anderen hätte ich als letztes gedacht", sagte sie. „Ich hatte in den vergangenen Jahren so völlig andere Sorgen, daß ich die Gesetze, die uns die Gesellschaft vorschreibt, völlig vergessen habe. Auf die Idee, daß ich als junge alleinstehende Frau eine Gesellschafterin brauche, wäre ich nie gekommen. Aber Sie haben recht, Cousin Ivar. Ich bin überzeugt davon, daß Miß Richardson liebend gern zurückkommt und der primitiven Hütte, in der sie sich vor Papa verstecken mußte, nicht eine Träne nachweint."

„Es ist mir ein Rätsel, wie man jemanden entlassen kann, der so lange im Haus gewesen ist und fast schon zur Familie gehört."

„Papa hat sich eingebildet, für sie nicht mehr aufkommen zu können."

Die Stirn des Herzogs glättete sich.

„Diese Zeiten sind nun endgültig vorbei!" rief er. „Für Sie und alle anderen bricht ab sofort eine neue Epoche an, und das wollen wir feiern. Wenn wir zurück sind, lasse ich Walton eine Flasche Champagner aus dem Keller holen. Oder sollten die Regale etwa auch leer sein?“

„Nein“, antwortete Lady Alvina und verschmitztes Lächeln huschte über ihr Gesicht. „Als Papa damit drohte, auch die Waltons zu entlassen, hatte ich eine solche Angst, er könne irgendeinen fremden Butler ins Haus nehmen, daß ich mir zur Vorsicht die Kellerschlüssel geben ließ.“

Ihre Miene wurde wieder ernst.

„Ich habe die Schlüssel versteckt“, fuhr sie fort, „weil ich gehört hatte, daß zum Teil schreckliche Dinge passieren. Es wird nicht nur häufiger eingebrochen als vor dem Krieg, die Landstreicher betrinken sich dann auch noch und wissen nicht mehr, was sie tun.“

Die Stirn des Herzogs bewölkte sich wieder. Er mußte an die Banden von Plünderern denken, die in Frankreich ihr Unwesen getrieben hatten.

„Meinen Sie, es hängt mit der Arbeitslosigkeit zusammen?“ fragte er.

„Ganz bestimmt“, antwortete Lady Alvina. „In den französischen Zeitungen stand wahrscheinlich nichts über die Zustände hier bei uns, aber unsere englischen Zeitungen sind voll davon. Es ist aber auch ein Skandal. Man muß sich nur überlegen, daß Tausende von Soldaten für die Freiheit ihres Landes gekämpft haben und laut Wellington von unbeschreiblicher Tapferkeit und Vaterlandsliebe waren und ohne Rente, Auszeichnung oder nur einen Dank entlassen worden sind.“

Der Herzog wußte, wie schändlich die Soldaten behandelt worden waren und konnte seiner Cousine nur zustimmen.

„Ist es ein Wunder, daß sich die Leute rächen?" fuhr diese fort. „Sie sind verbittert und verzweifelt. Was glauben Sie, was mit denen passiert, die verwundet wurden, einen Arm oder ein Bein verloren? Kein Mensch kümmert sich um sie. Wenn sie nicht verhungern wollen, müssen sie stehlen."

Als sei nicht die Regierung, sondern er persönlich an den Mißständen schuld, befiel den Herzog ein schlechtes Gewissen. Er mußte an die Festgelage denken, an denen er in Paris und anderen Großstädten teilgenommen hatte.

Lady Isobels verführerische Stimme klang ihm in den Ohren. Wie hatte sie ihm geschmeichelt, wenn er ihr Orchideen geschenkt hatte, für deren Preis so mancher entlassene Soldat satt geworden wäre.

„Da Sie jetzt wieder zu Hause sind", sagte Lady Alvina, ehe er etwas entgegnen konnte, „finden Sie vielleicht Gelegenheit, irgendwelchen Regierungsmitgliedern oder Generälen zu sagen, daß für viele Menschen in unserem Land der Frieden grausamer ist als der Krieg."

Als der Herzog nach einem erstaunlich guten Dinner die Serviette zusammengefaltet und neben seinen Teller gelegt hatte, lehnte er sich zurück.

„Eine wirklich köstliche Mahlzeit", sagte er zu Lady Alvina. „Ich darf nicht vergessen, mich bei Mrs. Johnson zu bedanken. Ich finde es rührend, daß sie daran gedacht hat, uns eine Erdbeertorte zu backen. Als Kind gab es für mich keinen besseren Nachtisch."

„Mrs. Johnson hat ein phänomenales Gedächtnis", entgegnete Lady Alvina lächelnd. „Und Sie, Cousin

Ivar, hatte sie schon immer besonders in ihr Herz geschlossen. Alle waren richtig glücklich, als sie hörten, daß Sie das Erbe meines Bruders antreten."

Sie nippte an ihrem Champagnerglas.

„Wir fürchteten wohl alle", fügte sie hinzu, „daß Jason . . ."

Der Herzog war erstaunt.

„Kennen Sie Ihren Cousin Jason denn überhaupt?" fiel er ihr ins Wort.

Lady Alvina nickte.

„Er kam nach Richards Tod und blieb eine Weile. Ich spürte förmlich, wie sehr er sich wünschte, daß auch Sie nicht aus dem Krieg zurückkehren und er Herr im Schloß wird."

„Sind Sie sicher?" fragte der Herzog.

„Ja, ganz sicher. Er hat sich selbst eingeladen. Allein schon die Art, wie er von Raum zu Raum ging und den Wert der Möbel und Gemälde abschätzte, hat mich in Angst und Schrecken versetzt."

„Ich kann Sie irgendwie verstehen", sagte der Herzog nachdenklich. „Auch mir war Jason nie sonderlich sympathisch. Ehe ich heute morgen London verließ, wurde mir hinterbracht, daß er Geld aufnimmt, um für den Fall gerüstet zu sein, daß er mein Nachfolger wird, ehe ich einen Erben hinterlassen kann."

Lady Alvina sah den Herzog erschreckt an.

„Sie müssen sehr, sehr vorsichtig sein", sagte sie. „Er ist ein böser Mensch und trachtet Ihnen vielleicht nach dem Leben."

Der Herzog lachte.

„Unsinn, meine Liebe, Sie übertreiben", sagte er. „Genau wie mein Freund Gerald Chertson. Er meint,

Jason würde alles tun, um seinen Plan zu verwirklichen, aber ich glaube nicht, daß er zu drastischen Maßnahmen greifen würde."

„Ich bin überzeugt davon, daß Jason skrupellos ist, wie selten ein Mensch."

„Warum sind Sie davon überzeugt?"

„Vielleicht liegt es daran, daß ich hier so lange allein gewesen bin", entgegnete Alvina. „Sie glauben, ich übertreibe, aber ich habe ein Gespür für Menschen, das mich selten trügt."

„Wollen Sie damit sagen, daß Sie hellseherische Fähigkeiten besitzen?"

„Nein, das nicht gerade, aber Sie wissen ja, daß keltisches Blut in den Adern der Harlings fließt."

Der Herzog zog erstaunt eine Augenbraue in die Höhe.

„Meine Großmutter war Irin", erklärte Lady Alvina, „meine Urgroßmutter Schottin, und meine Mutter hatte eine ganze Reihe von Verwandten, die aus Wales stammten."

„Und meine Urgroßmutter", sagte der Herzog, „war Schwedin. Daher der Name Ivar."

„Demnach müßten auch Sie überdurchschnittliche Menschenkenntnis besitzen."

„Sagen wir einmal so – ich kann einen Menschen beurteilen, ohne Referenzen über ihn einholen zu müssen. Ich verlasse mich meistens auf meinen Instinkt und bin dabei noch nie fehl gegangen."

„Auch bei Frauen?"

„Wenn ich Ihre Frage bejahe, werden Sie mir vorhalten, daß ich mich in Ihnen grundlegend getäuscht habe", entgegnete der Herzog lächelnd.

„Haben Sie wirklich angenommen, daß ich das Geld, das ich von Mr. Pinchbeck bekommen habe, für mich persönlich wollte?“

„Wenn ich ganz ehrlich bin, habe ich gedacht, daß Sie es an einen Mann verschwendet haben, der von Ihrem Vater abgelehnt wurde.“

Lady Alvina lachte.

„Wie absurd!“ rief sie. „Noch dazu, wo ich seit Jahren keinen jungen Mann zu Gesicht bekommen habe. Als Papa beschlossen hatte, daß wir vor lauter Armut niemanden mehr zu Gast haben können, nahm er natürlich auch keine Einladungen mehr an. Und wenn zufällig jemand in der Gegend war und nur kurz vorbeischauen wollte, wurde er abgewiesen – leider auf meist sehr grobe Art.“

„Sie müssen sehr einsam gewesen sein“, sagte der Herzog.

„Ohne meine Bücher und die liebe Miß Richardson wäre es noch schlimmer gewesen. Sie ist ein sehr außergewöhnlicher Mensch. Ihr Vater war Professor in Oxford und hat mehrere Bücher über römische Geschichte geschrieben. Da sie ihrem Vater bei seinen wissenschaftlichen Recherchen geholfen hat, ist sie sehr versiert auf diesem Gebiet. Wenn sie als Junge zur Welt gekommen wäre, hätte sie bestimmt studieren dürfen.“

„Ich nehme an, daß Ihnen Miß Richardson viel von ihrem Wissen übermittelt hat.“

„Ja, das hat sie“, sagte Lady Alvina. „Das ist ein weiterer Grund, warum ich mich so freue, daß sie ins Schloß zurückkehren darf. Sie war absolut selig, als ich es ihr erzählte.“

„Hätte sie nicht Lust gehabt, mit uns zu speisen?"

„Ich habe sie gefragt, aber sie hat dankend abgelehnt. Ihre Beine machen ihr am Abend oft schwer zu schaffen, und da bleibt sie dann lieber für sich."

„Das kann ich verstehen", sagte der Herzog. „Ich werde mich nach einem Spezialisten erkundigen. Es muß doch jemand geben, der ihr helfen kann."

„Das wäre fabelhaft."

„Ich bin sicher, daß es in London einen Facharzt für rheumatische Krankheiten gibt."

Lady Alvina legte die ausgestreckte Hand auf den Tisch.

„Sie sind sehr großzügig, Ivar", sagte sie, Dankbarkeit in der Stimme.

Der Herzog legte seine Hand in ihre. Er spürte, wie ihre Finger zitterten und hatte das Gefühl, einen kleinen Vogel zu berühren.

„Ich habe Sie gehaßt", gestand ihm Lady Alvina. „Einmal, weil Sie das Erbe meines Bruders übernommen haben und zum anderen, weil Sie meinen Brief unbeantwortet ließen."

„Ich kann es Ihnen nicht übel nehmen", sagte der Herzog ruhig.

„Und als Sie dann so schroff zu mir waren, da habe ich Sie für einen herzlosen, gleichgültigen Mann gehalten."

Der Herzog drückte ihre Hand und lächelte.

„Unser Instinkt scheint gestreikt zu haben", sagte er. „Wie falsch haben wir uns doch gegenseitig eingeschätzt. Unsere erste Begegnung stand unter keinem guten Stern, Alvina. Wir sollten von vorn anfangen."

„Das haben wir doch bereits getan", entgegnete Lady Alvina. „In wenigen Stunden hat sich so vieles geändert, daß ich es kaum fassen kann. Mrs. Johnson hat drei junge Mädchen zur Hilfe und Walton hat mir kurz vor dem Essen erzählt, daß morgen fünf Leute aus dem Dorf zu uns zurückkommen, die jahrelang bei den Harlings in Stellung gewesen sind."

Sie drückte die Hand des Herzogs und sah ihn mit strahlenden Augen an.

„Ich danke Gott", fügte sie hinzu, „daß wir in Ihnen ein Familienoberhaupt bekommen haben, wie wir es uns besser nicht hätten wünschen können."

4

Während der Fahrt zurück nach London dachte der Herzog über die zwei Tage nach, die er auf dem Schloß verbracht hatte. Selten in seinem Leben hatte er sich wohler gefühlt, nie war ihm die Zeit schneller vergangen.

Alvina hatte ihn bis in den abgelegensten Winkel des riesigen Besitzes geführt. Sie waren stundenlang geritten, und es hatte sich herausgestellt, daß die Pferde, die Gerald für ihn besorgt hatte, mit Sattel und Steigbügel ebenso vertraut waren wie mit Kutsche und Deichsel.

Nach den alten, reichlich müden Pferden, die Lady Alvina nach der Auflösung des Stalles geblieben waren, hatte sie es genossen, ein feuriges, perfekt abgerichtetes Pferd reiten zu können.

Der Herzog war erstaunt gewesen, wie sicher und selbstverständlich sie im Sattel saß und wie attraktiv sie aussah, wenn sie glücklich war.

Sie hatte ein altes, ausgedientes Kostüm getragen, das jedoch von Meisterhand geschnitten war und ihre schlanke, elegante Figur bestens zur Geltung gebracht hatte.

In Paris, wo es üblich gewesen war, daß *man* sich am Morgen im Bois de Bologne gezeigt hatte, und auch in Wien war der Herzog mit unzähligen schönen

Frauen ausgeritten, die stolz und aufrecht im Sattel zu sitzen wußten.

Dennoch hatte keine dieser vielen Frauen seiner Cousine das Wasser reichen können.

Vor Freude über seine Vorhaben und Pläne war ihr Gesicht durch ein Strahlen erhellt gewesen, das ihm bisher nur bei Frauen aufgefallen war, die in seinen Armen gelegen hatten.

Am letzten Abend hatten sie lange über dem Kassenbuch gesessen, das Lady Alvina seit dem Tag geführt hatte, an dem ihr Vater mit den drastischen Sparmaßnahmen begonnen hatte.

Anfangs hatte sie das, was sie für Nahrungsmittel bekommen hatte, mit ihrem Kleidergeld aufgebessert und nach und nach waren auch die zweihundert Pfund, die ihr von ihrer Mutter hinterlassen worden waren, in den Haushalt eingeflossen.

Sie hatte sie hauptsächlich für die Löhne der Dienstboten ausgegeben, die auf Grund ihres Alters als erste hatten entlassen werden sollen.

Da ihr Vater bereits krank und bettlägerig gewesen war, hatte er nicht bemerkt, daß sie sich seinen Anweisungen widersetzt und die Dienstboten behalten hatte.

„Die beiden Waltons, Mrs. Johnson und Emma waren einfach zu alt, um etwas Neues zu finden", hatte sie dem Herzog erklärt. „Den jüngeren habe ich zum Teil eine andere Stellung vermitteln können, aber leider eben nicht allen. Der eine oder andere war sehr verbittert, als er gehen mußte. Schließlich waren die meisten hier geboren, denn schon ihre Eltern hatten den Harlings gedient."

„Wir können nur hoffen“, hatte der Herzog entgegnet, „daß wir einige von ihnen zurückholen können.“

„Das war wirklich großzügig von Ihnen, Cousin Ivar, daß Sie die Waltons und Mrs. Johnson von Mark ins Dorf fahren ließen.“

„Hätte ich sie zu Fuß gehen lassen sollen?“ hatte der Herzog gefragt.

Alvina hatte gelacht.

„Nein, natürlich nicht“, hatte sie gesagt. „Sie hätten eine Ewigkeit gebraucht. Das war auch einer der Gründe, warum ich sie nicht einfach ihr Bündel schnüren lassen und vor die Tür setzen konnte. Wir hatten ja nicht einmal mehr Pferde zum Anspannen. Und den armen alten Rufus wollte niemand kaufen. Er ist inzwischen über siebzehn.“

Der Herzog hatte geschwiegen, denn er hatte nicht noch einmal betonen wollen, wie unglaublich er das alles fand.

Es war ihm viel wichtiger, im Detail zu erfahren, wie es zu den Mißständen gekommen war, die für viele das Leben zur Qual gemacht hatten.

Als sie die Pächter der Reihe nach besucht hatten, hatte er die aufopfernden Beweggründe seiner Cousine immer besser verstanden.

Die Hendersons zum Beispiel bewirtschafteten das an sie abgegebene Land seit fünf Generationen. Bei den übrigen Pächtern verhielt es sich nicht viel anders.

Der Zustand der Häuser, in denen sie lebten, war erbärmlich. An den Dächern war seit Jahren nichts gerichtet worden, die Scheunen und Geräteschuppen waren baufällig und die Zäune teilweise in sich zusammengefallen.

„Während des Krieges ist es uns gut gegangen, Euer Gnaden“, hatte einer der Pächter gesagt. „Aber sobald der Krieg vorbei war, hat der Bauer nichts mehr gegolten. Und dann auch noch die gute Ernte von achtzehnhundertfünfzehn. Im ganzen Land sind die Speicher übergequollen und der kleine Landwirt hat nichts verkaufen können.“

Der Herzog wußte, daß es nur wenigen Bauern möglich war, Geld auf die Bank zu legen, also hatte kaum einer die Mittel, Durststrecken zu überbrücken.

Dazu kam, daß dem Boden während des Krieges das Äußerste abverlangt worden war, was sich in den Jahren danach gerächt hatte, als der Preis für Getreide unheimlich gefallen war.

Als der Herzog die Klagen der Pächter gehört hatte, hatte er in etwa verstehen können, warum Lady Alvinas Vater in Panik geraten war und sich eingebildet hatte, ruiniert zu sein.

Das Schicksal hatte ihn, den fünften Herzog von Harlington, offensichtlich dazu ausersehen, einiges Unheil wiedergutzumachen. Es war ihm jedoch sehr wohl bewußt, daß er die Männer, die auf den Schlachtfeldern geblieben waren, nicht mehr nach Hause zurückholen konnte.

Er hatte seinen Pächtern versprochen, ihnen auf drei Jahre zinslos Geld zu leihen und sich in London nach den einschlägigen Märkten zum Absatz der geernteten Ware zu erkundigen.

Ihre Dankbarkeit hatte ihn gefreut, aber gleichzeitig auch nachdenklich gestimmt.

„Ich kann nur hoffen“, hatte er zu Lady Alvina gesagt, „daß ich die Dinge nicht zu optimistisch sehe und die Pächter auch wirklich Käufer für ihr Getreide, ihren Hafer und ihre Kartoffeln finden."

„Und", hatte Lady Alvina hinzugefügt, „daß es vor allem für die jüngeren nicht an Arbeit fehlt, denn das ist sehr wichtig."

Wie recht sie doch hat, dachte der Herzog, als er in den Dörfern, durch die er fuhr, junge Männer vor dem Gasthaus oder auf dem Marktplatz herumlungern sah.

Auf Schloß Harlington gab es zum Glück genug freie Stellen, die dringend besetzt werden mußten.

Allein für den Park und die Gärten wurden mindestens zehn Männer gebraucht, die das ausführten, was Mr. Yellowstone ihnen anschaffte.

Der ehemalige Obergärtner war inzwischen zu alt und gebrechlich, um selbst noch aktiv zu sein.

Als der Herzog ihn gebeten hatte, die Aufsicht zu führen, war er sofort einverstanden gewesen, und man hatte ihm seinen Stolz angesehen. Das Bewußtsein, wieder gebraucht zu werden, hatte ihn gleich aufrechter gehen lassen.

Der Herzog war froh, daß er Yellowstone hatte zurückholen können, denn nur er wußte auf Grund seiner jahrzehntelangen Erfahrung, in welcher Ecke des Gemüsegartens die Erdbeeren am besten gediehen, wo die Stangenbohnen die richtige Sonne bekamen oder die Erbsen am höchsten sprossen.

Den Gedanken, möglichst schnell einen tüchtigen Gutsverwalter zu engagieren, hatte der Herzog nach einigem Überlegen wieder verworfen.

Lady Alvina abrupt der Aufgabe zu entbinden, die ihr zwar die Not aufgezwungen hatte, die sie jedoch mit Freude und Hingabe ausführte, wäre ungeschickt gewesen. Der Herzog wollte dieses Thema erst anschneiden, wenn wieder genug Arbeitskräfte vorhanden waren und deren Einteilung von jemand gemacht werden mußte, der die nötige Erfahrung mitbrachte.

Am zweiten Tag hatten sie erneut Pächter und ein Waisenhaus besucht, das vor drei Jahren geschlossen worden war.

Die Kirchen und die Schulen des Herzogtums waren ebenso vernachlässigt wie alles andere auch. Die Reparaturen, die vorgenommen werden mußten, würden ein Vermögen kosten. Da die Mittel jedoch vorhanden waren, war der Herzog entschlossen, keine Ausgabe zu scheuen.

Als sie am späten Nachmittag zurückgekommen waren – sie hatten gegen zwölf Uhr in einem Dorfgasthaus Rast gemacht und sich an frischem Kräuterquark, Holzofenbrot und Most gelabt – war der Herzog rechtschaffen müde gewesen.

Trotz ihres zarten Äußeren war Lady Alvina so frisch und lebendig gewesen wie am Morgen.

Der Herzog kannte natürlich den Grund. Sie war beflügelt und bester Dinge, weil ihr endlich die Last des Elends und der Verzweiflung von den Schultern genommen war und sie wieder frei atmen konnte.

Sie hatten nach dem Abendessen noch einmal durchgesprochen, was in den nächsten Monaten geschehen sollte.

„Und jetzt, Alvina“, hatte der Herzog gesagt, als es schon ziemlich spät gewesen war, „müssen wir noch über Sie sprechen. Es geht nicht an, daß wir uns nur auf die anderen konzentrieren.“

„Wie meinen Sie das?“ hatte seine Cousine gefragt.

„Sie sind neunzehn, wenn ich nicht irre, und hätten schon vor einem Jahr in London in die Gesellschaft eingeführt werden müssen“, hatte der Herzog erklärt. „Ich finde, wir sollten das Versäumte schleunigst nachholen. Das Stadtpalais am Berkeley Square soll uns als Ausgangspunkt dienen. Sie werden die *Crème de la Crème* kennenlernen, und ich werde Sie natürlich auch dem Prinzregenten vorstellen.“

Er hatte mit einem Freudensprung gerechnet, doch Alvina jedoch war völlig ruhig geblieben und hatte weggesehen.

„Ich . . . ich würde lieber hier bleiben“, hatte sie scheu entgegnet. „Ich bin zu alt, um als Debütantin aufzutreten.“

„So ein Unsinn!“ hatte der Herzog gerufen. „Ich bewundere Ihre Aufopferungsfreudigkeit, kann aber nicht zulassen, daß Sie Ihre Jugend und Ihre Schönheit allein darauf verschwenden, alten Dienstboten einen schönen Lebensabend zu bereiten und dafür zu sorgen, daß Waisenkinder wieder ein Zuhause bekommen.“

Lady Alvina war aufgestanden und zum Fenster gegangen. Sie hatte die Vorhänge aufgezogen und hinausgesehen.

Draußen war es dunkel gewesen. Sterne hatten am Nachthimmel geglitzert, der Mond war über den Kronen der alten Eichen aufgegangen.

Stille hatte den Raum beherrscht.

Lady Alvina hatte ein schlichtes Kleid aus weißem Musselin getragen, daß Miß Richardson für sie geschneidert hatte. Sie hatte so nymphenhaft darin ausgesehen, daß es dem Herzog fast den Atem verschlagen hatte, als sie ins Speisezimmer gekommen war, wo er bereits auf sie gewartet hatte.

Der Stoff, aus dem ursprünglich Gardinen hatten gemacht werden sollen, umspielte die sanften Rundungen ihrer Brüste und floß in natürlichem Fall über ihre schmalen Hüften.

Da während der letzten Jahre Schmalhans Küchenmeister gewesen war, hatte Lady Alvina die Figur eines Knaben.

Sie hatte ihm erzählt, daß sie sich hauptsächlich von Karnickeln ernährt hatten, die Buben aus dem Dorf für sie im Park gefangen hatten, und von den Eiern der knapp zehn Hühner, die sie im Kräutergarten hielt.

Da der Gemüsegarten völlig vernachlässigt war, hatte er von Jahr zu Jahr weniger abgeworfen. Die Kartoffeln allerdings, die Lady Alvina im vergangenen Herbst gesteckt hatte, waren prächtig angegangen.

Es war dem Herzog unverständlich gewesen, daß Lady Alvina nicht zeitweilig in London sein wollte.

Als habe sie seine Gedanken gelesen, hatte sie sich plötzlich umgedreht und ihn angesehen.

„Nein“, hatte sie gesagt. „Ich passe nicht in die Großstadt. Falls Sie mich im Schloß nicht haben wollen, möchte ich Sie bitten, mir vielleicht das Gärtnerhaus zur Verfügung zu stellen. Wenn Miß Richardson mir Gesellschaft leistet, bin ich auch dort glücklich und zufrieden.“

Dem Herzog hatte es fast die Sprache verschlagen.

„Liebste Cousine“, hatte er entgegnet. „Miß Richardson ist eine alte Dame, aber Sie sind jung und Ihr ganzes Leben liegt noch vor Ihnen. Wenn Ihre Mutter nicht so früh gestorben wäre, hätten Sie längst die Stellung in der Gesellschaft, die Ihnen gebührt."

„Wollen Sie mir auf taktvolle Weise zu verstehen geben, daß ich Ihnen eine Last bin?" hatte Lady Alvina gefragt. „Störe ich, weil Sie heiraten wollen?"

„Ich habe nicht die Absicht, eine Ehe einzugehen", hatte der Herzog mit fester Stimme geantwortet. „Zumindest in den nächsten Jahren nicht."

Er hatte an Lady Isobel denken müssen und wäre bereit gewesen, die Hand dafür ins Feuer zu legen, daß sie keinen Gedanken an Dienstboten oder Pächter verschwenden würde, geschweige denn, mehr als ein paar Tage auf dem Land verbringen wollte.

Für sie gab es nur die Großstädte Europas. Sie träumte davon, am Berkeley Square Hof zu halten und sich mit zwar amüsanten, aber oberflächlichen, mondänen Leuten zu umgeben.

„Wenn es Ihnen nichts ausmacht, würde ich gern hier bleiben", hatte Lady Alvina gesagt. „Bitte – schicken Sie mich nicht weg. In London wäre ich verloren. Sie haben es inzwischen doch sicher selbst bemerkt – ich gehöre nicht zu den Menschen, die sich in der Gesellschaft bewegen können."

„Das glaube ich Ihnen nicht, teure Alvina", hatte der Herzog lachend entgegnet. „Abgesehen davon wären Sie eine Bereicherung für die Gesellschaft, die genau genommen auch nur aus Menschen wie Sie und ich besteht."

Der Herzog hatte sehr wohl gewußt, daß seine Worte nicht den Tatsachen entsprachen.

Lady Alvina war das krasse Gegenteil zu denjenigen, die sich der Gesellschaft zugehörig fühlten und nur an sich selbst und ihr Amüsement dachten.

In ihren Augen wäre seine Cousine lediglich ein schlechtangezogenes Mädchen vom Land.

Da der Herzog seine freie Zeit in Wien und Paris ausschließlich mit anerkannt eleganten Schönheiten verbracht hatte, wußte er, wie sehr Frauen auf ihre Garderobe achteten.

„Es wird Ihnen nicht erspart bleiben, trotzdem nach London zu fahren“, sagte er daher. „Sie müssen sich einkleiden und das kann nur dort geschehen.“

Als Lady Alvina plötzlich rot geworden war, hatte er gefürchtet, sie verletzt zu haben.

„Ich hätte es Ihnen schon früher sagen sollen“, fügte er deshalb schnell zu. „Sie sind ein zauberhaftes Mädchen. Aber selbst das schönste Gemälde braucht den passenden Rahmen.“

„Schmeicheln Sie mir, weil ich Ihnen im Weg bin?“ hatte Lady Alvina mit einem peinlich berührten Lächeln gefragt. „Ich bin nicht an Komplimente gewöhnt und mißtraue ihnen. Ich gebe zu, daß mich ein paar neue Kleider reizen würden, aber ich habe Angst, nie wieder zurückkehren zu dürfen, wenn ich von hier weggehe.“

Lady Alvina hatte vergeblich versucht, das Zittern in ihrer Stimme zu verbergen.

„Ich verspreche Ihnen“, hatte der Herzog entgegnet, „daß Sie hier bleiben und das Schloß als Ihr Zuhause betrachten können, so lange Sie wollen.“

„Und wenn Sie heiraten, was dann?“

„Ich habe nicht die Absicht, zu heiraten“, hatte der

Herzog in fast gereiztem Ton wiederholt. „Bis ich mich dazu entschließen werde, wird noch viel Wasser die Themse hinunterfließen."

„Wenn Sie vermeiden wollen, daß sich unser gemeinsamer Cousin Jason in der Hoffnung wiegt, seine Pläne zu verwirklichen, werden Sie heiraten *müssen.*"

„Sowie ich wieder in London bin, werde ich Jason zur Rede stellen. Sie brauchen sich seinetwegen nicht die geringsten Sorgen zu machen. Sie müssen lernen, auch einmal an sich selbst zu denken. Ein hübsches junges Mädchen wie Sie muß doch auch eigene Bedürfnisse haben und sollte nicht nur für die anderen da sein."

„Ich will aber nicht nach London", hatte Lady Alvina in einem Anflug von Dickköpfigkeit entgegnet.

„Aha, Sie wollen nicht nach London." Der Herzog hatte mit den Schultern gezuckt. „Wenn das so ist, meine Liebe, darf ich Sie darauf aufmerksam machen, daß ich nicht nur das Familienoberhaupt der Harlings bin, sondern seit dem Tod Ihres Vaters auch Ihr Vormund. Es wird Ihnen daher nichts anderes übrigbleiben, als mir zu gehorchen."

„Und wenn ich es nicht tue?"

„Dann sehe ich mich gezwungen, mir eine Strafe auszudenken, die Sie zur Vernunft bringen wird."

„Haben Sie bereits eine Vorstellung, wie diese Strafe aussehen soll?"

„Im Moment noch nicht", hatte der Herzog auf ihre Frage geantwortet. „Wenn Sie es allerdings gleich wissen wollen, so könnte ich zum Beispiel von meinem Vorhaben absehen, Ihnen zwei oder drei junge, rassige Reitpferde zu kaufen. Ich könnte natürlich auch den Ball streichen, den ich hier im Schloß geben wollte, um Sie den Nachbarn und meinen Freunden aus London vorzustellen."

„Einen Ball?" hatte Lady Alvina gefragt.

„Ja, einen Ball. Dabei fällt mir übrigens ein, daß Sie unbedingt den neuen Walzer lernen müssen, der von der Prinzessin von Lieven in London eingeführt worden ist."

Lady Alvina hatte wieder ihm gegenüber im Sessel Platz genommen.

„Wollten Sie wirklich einen Ball geben?" Sie hatte den Herzog mit großen erwartungsvollen Augen angesehen. „Ich glaube, ich träume."

„Ich beabsichtige, meine Rückkehr gebührend zu feiern."

Die Idee war ihm spontan gekommen. Irgendwie mußte es doch eine Möglichkeit geben, seine Cousine in die Welt hinauszulocken, die außerhalb des Schlosses wartete. Ihre jahrelange Abgeschiedenheit in Ehren, aber ein junges Mädchen mußte auch unter die Leute kommen, wenn es das Leben genießen wollte.

„Als ich noch ein Kind gewesen bin, hat Mama oft von einem Ball gesprochen, aber ich hätte nie geglaubt, daß der große Festsaal je erleuchtet sein und ich darin tanzen würde."

„So kann man sich täuschen", hatte der Herzog lachend entgegnet.

„Aber der Fußboden und die Wände . . ." Lady Alvina hatte den Kopf geschüttelt. „Unmöglich! Die Türen sind seit Jahren geschlossen. Wahrscheinlich sind die Vorhänge und Sitzpolster von Mäusen angefressen."

„Dann muß eben schleunigst etwas getan werden. In spätestens sechs Wochen ist es soweit."

Lady Alvina hatte einen kleinen Schrei ausgestoßen.

„Das ist heller Wahnsinn! Bei all den anderen Plänen . . ."

„Wenn es nicht an Geld fehlt", war ihr der Herzog ins Wort gefallen, „ist alles machbar, Alvina. Sie haben erst vorhin betont, daß es Scharen von jungen Leuten gibt, die händeringend Arbeit suchen."

„Ja, natürlich, das ist schon richtig, aber es muß so viel erledigt werden."

Der Herzog hatte gelacht.

„Ich bin überzeugt davon", hatte er gesagt, „daß ich mich in allem auf Sie verlassen kann. Ich muß für ein paar Tage nach London, das wissen Sie ja schon. Ich werde mich dort nach den besten Modesalons erkundigen und Termine für Sie vereinbaren. Ich hoffe, Miß Richardson wird Sie nach London begleiten, wenn es soweit ist, und ebenfalls mein Gast am Berkeley Square sein."

„Sie überstürzen alles!" hatte Lady Alvina gerufen. „Ich habe Ihnen doch eben gesagt, daß ich nicht in die Londoner Gesellschaft eingeführt werden möchte."

„Das mag schon sein", hatte der Herzog entgegnet. „Wie ich jedoch an meine Pflichten gebunden bin, liebe Cousine, sind Sie als Tochter Ihres Vaters auch an Ihre Pflichten gebunden."

„Ich weiß, daß Sie recht haben, aber es wird in einer Katastrophe enden."

„So wie Sie mir helfen, aus meinem Erbe, von dem ich zugegebenermaßen herzlich wenig weiß, keine Katastrophe zu machen, werde ich es zu verhindern wissen, daß Ihr Aufenthalt in London und vor allem Ihr Debut in einer Gesellschaft, in der ich mich wirklich auskenne, zu einer Katastrophe wird."

Sie hatten das Thema gewechselt und noch über dieses und jenes geplaudert, ehe sie gemeinsam die Treppe hinaufgegangen waren und sich eine gute Nacht gewünscht hatten.

„Meinen Sie nicht", hatte Lady Alvina das Gespräch noch einmal aufgenommen, „daß ich in London völlig fehl am Platz bin und Sie sich meiner nur schämen müssen?"

„Ich gehe jede Wette ein", hatte der Herzog entgegnet, „daß Sie sich nicht nur über Ihren Erfolg wundern, sondern bald erkennen werden, daß Sie zu recht so erfolgreich sind."

Lady Alvina hatte lachend abgewehrt.

„Das sagen Sie jetzt nur, um mir Mut zu machen."

„Oh nein, verehrteste Alvina. Es wird nicht lange dauern, dann werden Sie sich bei mir beschweren. Ich sei daran schuld, werden Sie sagen, daß Sie vor lauter Einladungen kaum mehr zum Verschnaufen kommen."

Lady Alvina hatte seine spöttelnden Worte ernst genommen und mit großen Augen zu ihm aufgesehen.

„Ich würde nie wagen, Ihnen Vorwürfe zu machen, Cousin Ivar", hatte sie erklärt. „Ich werde Ihnen ein Leben lang dankbar sein und kann nur hoffen, daß ich mich Ihnen eines Tages erkenntlich zeigen kann."

Von plötzlicher Scheu überkommen, hatte sie ihm nochmals eine gute Nacht gewünscht und war schnell durch den Gang in ihr Schlafzimmer entschwunden.

Ich mache sie zum großen Erfolg, hatte der Herzog gedacht. Wenn jemand Verehrung und Anerkennung verdient hat, dann dieses tapfere junge Mädchen.

Daß das gesellschaftliche Leben, das er sich für sie erträumte, Welten von dem Leben entfernt war, das sie bisher geführt hatte, war ihm sehr wohl bewußt.

Allein mit einem sehr merkwürdig gewordenen Vater in einem Schloß hausen zu müssen, das bis auf wenige Räume stillgelegt war, mußte hart genug gewesen sein. Daß ihr das Schicksal nach dessen Tod noch mehr abverlangt hatte, schien fast unerträglich.

An allem bin ich schuld, dachte der Herzog jetzt zum hundersten Mal. Ich hätte mich Wellington widersetzen und nach Hause zurückkehren sollen.

Aber es war unmöglich, die Zeit zurückzudrehen, und er hielt es deshalb für seine erste Pflicht, Lady Alvinas Zukunft zu sichern und sie die Vergangenheit vergessen zu lassen.

Nach den anfänglichen Enttäuschungen auf Schloß Harlington empfand es der Herzog als besonders wohltuend, am Berkeley Square von Bateson und vier Dienern in tadelloser Livree empfangen zu werden.

Alles blitzte und blinkte, und das ganze Haus roch nach Bienenwachs.

Der Herzog hatte am Tag zuvor jemand nach London geschickt und seine Rückkehr ankündigen lassen. Als er von seinem Butler hörte, daß Major Chertson am Morgen seine Aufwartung hatte machen wollen und ausrichten ließ, er würde sich freuen, wenn man gemeinsam zu Mittag speisen könne, war er doppelt froh, diese Vorkehrung getroffen zu haben.

Der Herzog sah auf die Uhr. Er hatte noch fast eine Stunde Zeit und beschloß, sie zur Erledigung dringlicher Dinge zu nutzen.

Als Gerald Chertson gegen ein Uhr kam, hatte er einen ganzen Stoß Briefe geschrieben. Sie lagen in der Bibliothek und warteten darauf, teils durch Boten, teils durch Post verschickt zu werden.

Als Gerald hereingestürmt kam und auf ihn zueilte, hatte der Herzog das Gefühl, ihn eine Ewigkeit nicht mehr gesehen zu haben. Auch sein Zorn auf die angeblich selbstsüchtige, betrügerische Cousine schien Jahre zurückzuliegen.

Bei einem Glas Champagner berichtete er dem Freund im Detail davon.

Während des Essens anschließend ging das Gespräch vor allem um die Pläne, die der Herzog mit seiner Cousine zusammen gemacht hatte, und deren Ausführung.

„Du warst schon immer ein guter Organisator", sagte Gerald, nachdem der Herzog lange berichtet hatte. „Da du endlich die Chance hast, in eigener Sache tätig zu sein, wirst du bestimmt großen Spaß daran haben. Und obendrein wird es dir guttun."

„Wie meinst du das?" fragte der Herzog.

„Ich habe in Paris manchmal daran gedacht, daß du als rechte Hand Wellingtons verdammt bequem im Sattel sitzt. Wo du hingegangen bist, ist der rote Teppich vor dir ausgerollt worden. Du hast eigentlich nie um etwas wirklich kämpfen müssen."

„Ich habe nicht wirklich kämpfen müssen?" wiederholte der Herzog. „Ich habe in den letzten neun Jahren nichts anderes getan."

„Du verstehst mich falsch, du Narr", entgegnete Gerald und lachte. „Ich spreche vom Kampf um die Erfüllung persönlicher Wünsche, das ist etwas total anderes."

„Schon möglich", gab der Herzog zu. „Allerdings finde ich den Unterschied nicht sonderlich groß. Ob ich junge Rekruten zu brauchbaren Soldaten ausbilde oder mir einen Stab von Leuten zusammensuche, auf die ich mich verlassen kann, ist für mich ziemlich das gleiche."

„Jedenfalls wirst du es schaffen", sagte Gerald.

Da die Diener im Moment das Speisezimmer verließen, stellte er sofort die Frage, die ihm schon eine Weile auf den Lippen brannte.

„Und diese Cousine? Erzähl mir mehr von ihr."

„Was sie anbelangt, brauche ich dringend deine Hilfe, Gerald", sagte der Herzog. „Du warst viel länger in London als ich und weißt besser, was zu tun, beziehungsweise vor allem zu unterlassen ist."

„Als erstes", rief Gerald, „mußt du eine mütterliche Freundin für sie finden. Ich meine damit jemanden, der sie den richtigen Gastgeberinnen vorstellt und dafür sorgt, daß sie eingeladen wird."

„Die mütterliche Freundin existiert bereits."

„Wenn du damit eine ehemalige Gouvernante meinst, kannst du sie gleich vergessen", sagte Gerald. „Es muß jemand sein, der zur Gesellschaft gehört und von allen respektiert, wenn nicht sogar ein wenig gefürchtet wird. Du hast doch bestimmt eine Verwandte, die in Frage käme."

„Im Moment fällt mir niemand ein."

„Die Betreffende muß natürlich auch – das ist Voraussetzung Nummer eins – einen tadellosen Ruf haben."

Der Herzog hatte den Freund durchschaut: Gerald wollte ihn taktvoll vor Lady Isobel warnen.

Während der zwei Tage auf dem Lande hatte der Herzog keinen Gedanken an sie verschwendet. Daß er seine Cousine Alvina nicht mir ihr zusammenbringen würde, stand für ihn fest. Er hatte seinen Freund absichtlich nicht gefragt, ob die extravagante Dame inzwischen in London eingetroffen sei.

Die Frage erübrigte sich.

„Isobel ist gestern angekommen", berichtete ihm Gerald. „Sie wohnt im Hause ihres Vaters am Piccadilly Square und erwartet dich heute abend zum Dinner."

„Wie konntest du ihr sagen, daß ich da bin!" sagte der Herzog in vorwurfsvollem Ton.

„Das war gar nicht nötig. Sie wußte es schon."

„Woher denn?"

„Sie hat einen Diener hierher geschickt und fragen lassen, wann du zurückerwartet wirst. Da du deinem Butler nicht hast ausrichten lassen, daß er es niemand sagen soll, hat er Auskunft gegeben."

„Verflixt! Ich habe augenblicklich absolut keine Zeit für Isobel."

„Darauf wird Isobel keine Rücksicht nehmen."

„Das wird sie leider müssen."

Das allerdings war leichter gesagt als getan.

Als er endlich die Zeit fand, ihr kurz zu schreiben und zu behaupten, er habe schon eine Verabredung getroffen, die sich nicht verschieben lasse, war es bereits zu spät.

Er hatte den Nachmittag benutzt, dem Prinzregenten seine Aufwartung zu machen. Man hatte sich im Carlton House so über seinen Besuch gefreut, daß gleich Tee serviert worden war, und er länger blieb als geplant.

Als er schließlich zum Berkeley Square zurückkam, stand eine Kutsche vor dem Haus. Das Wappenschild an der Tür war ihm Beweis genug – Lady Isobel wartete auf ihn.

Es wäre sinnlos gewesen, auf dem Absatz kehrt zu machen und erst in ein oder zwei Stunden nach Hause zurückzukommen. Lady Isobel hätte auf ihn gewartet, glcich, wie lange er ausgeblieben wäre.

Auf seine Frage hin erzählte ihm Bateson, daß Lady Isobel schon seit über einer Stunde im Salon sitze.

Der Herzog ging zu ihr.

Als sich die Tür hinter ihm schloß, stand sie aus dem Sessel vor dem Kamin auf.

Sie schien, seit er sie nicht gesehen hatte, noch schöner und verführerischer geworden zu sein. Sie hatte den dünnen Mantel ausgezogen und über die Rückenlehne des Sofas geworfen.

Ihr reich mit Pfauenfedern geschmückter Hut lag daneben.

Sie trug ein fließendes Gewand, das ihre tadellose Figur bestens zur Geltung brachte.

Ehe der Herzog auch nur ein Wort des Grußes sagen konnte, kam sie mit ausgebreiteten Armen auf ihn zu.

Sie warf sich an ihn und sah sehnsuchtsvoll zu ihm auf.

Wie gut er diese Blicke kannte!

Und auch die Küsse, die ihnen unvermeidlich folgten. Sie küßte ihn, wie er sie geküßt haben sollte – leidenschaftlich, beharrlich und fordernd.

Als er ihren weichen Körper spürte, konnte er nicht widerstehen. Er mußte die Arme um sie legen.

„Ich habe dich nicht so früh erwartet", sagte der Herzog, als sie endlich von ihm ließ.

„Aber du bist glücklich und freust dich, daß ich da bin. Sag es mir, Geliebter. Ich will es hören."

Sie schlang erneut die Arme um ihn.

„O Ivar", fuhr sie mit verführerischer Stimme fort, „ich habe dich ja so vermißt. Wenn du wüßtest, wie du mir gefehlt hast. Paris ohne dich war tödlich. Die Komplimente, mit denen mich der Prinz de Conde überschüttet hat, haben mich gelangweilt. Dazu ein Dutzend Einladungen am Abend, aber zu nichts hatte ich Lust."

Der Herzog machte sich aus ihrer Umarmung frei und ging zum Kamin.

„Es wundert mich nicht, Isobel", sagte er, „daß man sich um dich bemüht hast. Du siehst blendend aus."

„Das sagt mir in letzter Zeit jeder Mann", entgegnete sie geziert. „Laß mich hören, daß du ohne mich ganz krank gewesen bist."

„Ich fürchte, das entspräche nicht der Wahrheit, denn ich war sehr beschäftigt."

„Zu beschäftigt, um an mich zu denken?"

Sie ließ ihm keine Zeit, die Frage zu beantworten.

„O Ivar!" fügte sie hinzu. „Jetzt, wo wir endlich wieder zusammen sind, warten so viele gemeinsame Dinge auf uns. Ich wäre heute abend natürlich viel lieber mit dir allein gewesen, aber ich fürchte, wir können die Einladung zum Diner im Carlton House nicht abschlagen."

Der Herzog lächelte.

„Ich komme gerade vom Prinzregenten und weiß bereits davon. Mein Erscheinen sei Pflicht, hat er gesagt."

Isobel stieß ein hohes Lachen aus.

„Siehst du, ich habe es doch gewußt. Ich habe gestern abend mit ihm diniert und ihm unter dem tiefsten Siegel der Verschwiegenheit erzählt, wie nahe wir uns stehen."

Der Herzog runzelte die Stirn.

„Das war ein Fehler", sagte er.

„Wieso denn?" fragte Lady Isobel. „Jeder, den ich treffe, erzählt mir, wie toll er es findet, daß du jetzt Herzog bist und man spricht in den höchsten Tönen von deinem Besitz auf dem Land."

Sie machte eine weite Handbewegung und ließ den Blick durch den Salon streifen.

„Und dieses Haus befriedigt unsere Londoner Bedürfnisse vollkommen", erklärte sie. „Ich habe vorhin den großen Salon im ersten Stock inspiziert. Er bietet sich geradezu an für größere Einladungen. Einhundertfünfzig Gäste dürften überhaupt keine Problem sein. Ich hasse es nämlich, wenn man zu eng aufeinander sitzt."

Der Herzog zog eine Augenbraue in die Höhe.

„Isobel, das kann nicht dein Ernst sein", sagte der Herzog. „Du hast in meiner Abwesenheit mein Haus besichtigt?"

„Jetzt sei doch bitte nicht so kleinlich, Liebling. Ich wollte mich nur vergewissern, ob wir es hier aushalten. Aber du und ich, wir würden es überall zusammen aushalten, nicht wahr? Wenn ich die perfekte Gastgeberin sein soll, brauche ich die passende Umgebung, das müßte dir doch klar sein."

Der Herzog schwieg. Er mußte ihr sagen, daß er vorerst nicht zu heiraten gedachte, fand jedoch nicht die richtigen Worte.

Nachdem er auch keine Lust hatte, sich auf eine Diskussion einzulassen, war er heilfroh, als plötzlich die Tür aufging und Gerald hereinkam.

„Ich wollte mich eigentlich für mein Zuspätkommen entschuldigen", sagte er, „aber Bateson hat mir eben erzählt, daß du erst vor einem Moment nach Hause gekommen bist."

„Das stimmt", sagte der Herzog.

Gerald ging zu Isobel und küßte ihr die Hand.

„Ich dachte mir schon, daß Sie hier sind", sagte er.

„Ich habe über eine Stunde auf Ivar gewartet", erklärte Lady Isobel. „Wie ich ihm eben gestanden habe, habe ich die Zeit nicht ungenutzt gelassen."

„Womit haben Sie sich die Zeit denn vertrieben?" fragte Gerald pflichtschuldigst.

„Ich bin ein wenig herumgegangen und habe dabei festgestellt, daß das Haus für Gäste wie geschaffen ist. Ich sehe mich schon oben an der Treppe stehen und sie empfangen."

Gerald sah, daß der Herzog schmale Lippen bekam.

„Sie nehmen Ihre Hürden zu schnell, Isobel", sagte er und zwang sich zu einem Lächeln. „Vor ein paar Stunden erst haben wir darüber gesprochen. Ivar hat dabei ausdrücklich betont, daß er vorerst nicht ans Heiraten denkt."

Der Herzog jubelte innerlich. Seit er näher mit Gerald befreundet war, war dieser bereit, ihm aus jeder noch so unangenehmen Situation zu helfen.

„Genauso ist es“, sagte er. „Es wird Jahre dauern, bis in Schloß Harlington und im ganzen Herzogtum wieder normale Verhältnisse eingekehrt sind. Schon aus diesem Grund kann ich nicht an eine Eheschließung denken. Ich werde viel zu beschäftigt sein.“

Lady Isobel sah erstaunt von einem zum anderen.

„Was ist denn plötzlich los?“ fragte sie.

Ihre Stimme klang alles andere als einschmeichelnd.

„Ist das ein Komplott zwischen Ihnen beiden?“

„Nicht im geringsten“, antwortete Gerald. „Aber man tut immer gut daran, liebste Isobel, den Tatsachen ins Gesicht zu sehen, und es ist eine Tatsache, daß Ivar im Augenblick nicht heiratswillig ist.“

„Ist das etwa Ihre Angelegenheit?“ fragte Lady Isobel verärgert. „Ivar kann schließlich selbst den Mund aufmachen.“

Als ihr bewußt war, wie ungeschickt sie reagierte, stand sie auf und legte dem Herzog eine Hand auf den Arm.

„Wir werden darüber sprechen, wenn wir allein sind“, sagte sie leise.

Der Herzog tat, was von ihm erwartet wurde. Er hob ihre Hand an die Lippen und küßte sie.

„Wir treffen uns dann heute abend beim Prinzregenten“, sagte er.

„Bringst du mich anschließend bitte nach Hause?“ fragte sie mit Kleinmädchenstimme.

Der Herzog haßte diesen Ton, denn er wußte aus Erfahrung, wie gefährlich er war.

„Weißt du“, fügte Lady Isobel hinzu, „Papa hat es nicht gern, wenn seine Pferde die halbe Nacht angespannt sind und irgendwo auf der Straße herumstehen.“

Sie bedachte Gerald mit einem Lächeln, doch ihr Blick blieb kalt.

Mit der Leichtigkeit einer Göttin, die gerade vom Olymp herabgestiegen war, griff sie im Vorbeigehen nach Hut und Mantel und schwebte aus dem Salon.

„*Au revoir*, mein Geliebter“, hauchte sie dem Herzog zu, der ihr die Tür offen hielt. „Ich zähle die Stunden, bis wir uns wiedersehen.“

Nachdem der Herzog sie zur Kutsche begleitet hatte, kam er zu Gerald in den Salon zurück.

„Ich sollte mich wahrscheinlich bei dir bedanken“, sagte er. „Ich weiß bloß nicht so recht, ob du die Situation nicht noch schlimmer gemacht hast.“

„Man kann sie gar nicht schlimmer machen, als sie es schon ist, Ivar“, sagte Gerald. „Es sei denn, du willst Isobel heiraten.“

Der Herzog ging nicht auf die Bemerkung ein.

„Du weißt“, fuhr sein Freund fort, „daß ich mich nie in deine Affären gemischt habe, aber ich fühle mich verpflichtet, dir zu sagen, was ich eben bei *White's* erfahren habe: Isobel ist nicht deinetwegen so überstürzt aus Paris abgereist.“

„So?“ Der Herzog sah Gerald fragend an.

„Nach deiner Abreise“, berichtete dieser, „muß sie sich auf einem Fest, an dem ganz Paris teilgenommen hat, dem Herzog de Gramont so dreist aufgedrängt haben, daß die Herzogin wütend gewesen ist. Es soll zu einer scheußlichen Szene gekommen sein, und es blieb Isobel daraufhin nichts anderes übrig, als Paris schleunigst zu verlassen."

Die Hände auf dem Rücken, ging der Herzog im Salon auf und ab.

„Ich bin froh, daß du es mir gesagt hast", erklärte er schließlich. „Ich bin in einer unangenehmen Lage."

„Damit habe ich gerechnet, Ivar", sagte Gerald Chertson. „Sie ist fest entschlossen, Herzogin von Harlington zu werden, und ich kann mir kein schlimmeres Schicksal denken, als mit Isobel verheiratet zu sein."

Der Herzog war seiner Meinung. Da Lady Isobel ihn jedoch so bedrängt hatte, hatte er trotzdem mit dem Gedanken gespielt, sie zu seiner Frau zu machen.

Inzwischen wußte er, daß sie einfach nicht ins Schloß paßte. Sie war nicht der Mensch, der sich um andere kümmerte und dafür sorgte, daß die Kinder der Angestellten auch wirklich zur Schule gingen oder deren Eltern, wenn sie krank waren, die nötigen Medikamente bekamen.

Andererseits hatte er sich mit ihr eingelassen und sich ihr damit in die Hand gespielt. Und Lady Isobel war eine Frau, die ihren Willen mit allen Mitteln durchzusetzen versuchte.

Gerald schien seine Gedanken zu erraten.

„Sei um Gottes willen vorsichtig, Ivar", sagte er. „Sie ist eine gefährliche Frau und läßt bestimmt nicht so schnell locker."

„Niemand, nicht einmal der Prinzregent, kann mich dazu zwingen, jemand zu heiraten, den ich nicht heiraten will."

„Da sei dir nur nicht so sicher", warnte Gerald.

„Und ein Skandal ist wahrscheinlich das letzte, was du im Augenblick gebrauchen kannst."

„Allerdings!"

„Ich muß dir leider noch etwas sagen, Ivar, was dir sicherlich noch unangenehmer sein wird."

„Nämlich?"

„Jason wird dich morgen vormittag aufsuchen. Allem Anschein nach droht ihm Gefängnis, wenn du nicht für seine Schulden aufkommst."

Zu einem Zeitpunkt, zu dem er als fünfter Herzog von Harlington Einzug in das Oberhaus halten sollte, konnte es unmöglich angehen, daß ein naher Verwandter von ihm hinter Gitter kam.

„Ich habe mich mit dem Problem bereits auseinandergesetzt, Gerald", sagte er. „Ich werde Jason eine großzügige Apanage garantieren – unter der Bedingung, daß er unseren Namen nicht in den Schmutz zieht und sich entsprechend benimmt."

„Erstens wird es dich eine hübsche Summe kosten, ihn aus den Klauen der Justiz zu befreien und zweitens wird er es dir nicht danken, geschweige denn auf deine Bedingungen eingehen."

„Ich werde ihn dazu zwingen!"

„Wie?"

Der Herzog hatte keine Antwort auf diese knappe Frage.

5

Der Prinzregent zog sich relativ früh zurück, und Lady Hertford begleitete ihn natürlich.

Sie erfreute sich nicht gerade allzu großer Beliebtheit, aber man rechnete es ihr wenigstens hoch an, daß sie den Prinzregenten nicht zum Wachbleiben animierte, sondern dafür sorgte, daß er zeitig zu Bett ging.

Auch sie war nicht mehr die Jüngste, und es lag in ihrem eigenen Interesse, eine Gesellschaft früher zu beenden, als die Umgebung des Prinzregenten hoffte.

Der Herzog, der das Paar den Raum verlassen sah, hielt Ausschau nach Gerald Chertson und fand ihn in ein Gespräch mit dem Grafen Castlereagh vertieft, dem Staatssekretär des Auswärtigen Amtes.

Da er die beiden Herren nicht unterbrechen wollte, schlenderte er durch die Salons und betrachtete die vielen Kunstgegenstände, die während seines langen Auslandsaufenthaltes dazugekommen waren.

Die Sammlerleidenschaft des Prinzregenten war bekannt und gab genauso oft Anlaß zu Klatsch und Neid, wie seine häufig wechselnden Amouren.

Selbst in Paris hatten sich zweitweilig die Gemüter erregt, wenn die Rede darauf gekommen war. Man hatte die Unsummen kritisiert, die für Gemälde, Tafelsilber und Schmuck ausgegeben wurden und den

Schuldenberg immer mehr in die Höhe getrieben hatten.

Da den Herzog selbst oft das Verlangen nach schönen Dingen ergriff und er den Prinzregenten diesbezüglich schon immer verstanden hatte, hatte er geschwiegen, wenn sich die anderen Offiziere ereifert hatten.

Er war überzeugt davon, daß der Prinzregent von kommenden Generationen wegen seines ausnehmend guten Geschmacks gepriesen wurde, heute verteufelte ihn die Öffentlichkeit jedoch wegen seiner endlosen Affären und der immensen Schulden.

Der Herzog blieb vor einer Reihe von holländischen Meistern stehen, die der Prinzregent Anfang des Jahrhunderts erworben hatte, zu einem Zeitpunkt also, wo sie noch für einen Apfel und ein Ei zu haben gewesen waren.

Als er weiterging und in den Salon mit den Miniaturen kam, mußte er zu seiner großen Freude feststellen, daß sie mit denen, die seiner Familie gehörten, nicht zu vergleichen waren.

Er war noch damit beschäftigt, sie eingehend zu betrachten, als Gerald in den Salon kam.

„Sollen wir gehen?“ fragte er.

„Ja“, antwortete der Herzog. „Ich habe schon auf dich gewartet, wollte dich aber nicht in deinem Gespräch mit Castlereagh unterbrechen.“

„Es war hochinteressant“, sagte Gerald. „Ich erzähle dir auf der Fahrt davon. Wo ist eigentlich Isobel? Ich habe sie schon eine Weile nicht mehr gesehen.“

„Ich auch nicht“, entgegnete der Herzog. „Meinst du, sie ist schon weg?“

„Das würde mich wundern – es sei denn, sie ist verärgert."

„Schon möglich", sagte der Herzog.

Als die Herren sich nach dem Diner zu den Damen gesellt hatten, hatte er das einladende Lächeln Lady Isobels ignoriert und sich absichtlich mit jemand anderem unterhalten.

Er hatte ihre bohrenden Blicke in seinem Rücken gespürt und gehört, wie sie nervös den Fächer auf- und zugeklappt hatte.

Nichts in aller Welt hätte ihn dazu gebracht, in aller Öffentlichkeit als Galan der schönen Isobel herumzustolzieren, was er ihrer Ansicht nach hätte tun sollen.

Er war ihr stattdessen während des ganzen Abends ausgewichen und hatte nicht ein Wort mit ihr geredet.

Es war zu vermuten, daß sie eine ihrer üblen Launen entwickelt hatte, und jemand anders in den Genuß gekommen war, sie nach Hause zu begleiten.

Daß sie den Herzog damit eifersüchtig machen wollte, war ihm klar, doch es berührte ihn nicht im mindesten.

Unter den Damen, die sich ihre Pellerinen geben ließen, befand sie sich jedenfalls nicht, und so verließen Gerald und der Herzog ohne sie Carlton House.

„Du machst einen selbstzufriedenen Eindruck, Ivar", sagte Major Chertson, als sie in der Kutsche saßen. „Freue dich nicht zu früh. So leicht läßt dich Isobel nicht vom Angelhaken."

Der Herzog schwieg.

„Tut mir leid, Ivar, wenn ich mich mit dieser Bemerkung wieder einmal in deine privaten Angelegenheiten gemischt habe", fügte Gerald hinzu, „aber ich schätze dich viel zu sehr, um wortlos zusehen zu können, wenn deine Freiheit auf dem Spiel steht. Aber lassen wir das Thema jetzt. Die Nacht ist noch jung. Was hältst du davon, wenn wir uns noch ein wenig amüsieren? Im *Glückspalast* soll es ein paar besonders kesse Neuzugänge geben. Heute morgen wurde im Club von nichts anderem gesprochen."

„Wenn ich ehrlich bin, steht mir nicht der Sinn danach", entgegnete der Herzog. „Ich hatte heute einen langen Tag und mein Kopf ist voll von Problemen."

„Kann ich verstehen", sagte Gerald. „Dann gehen wir heute früh nach Hause, aber ich bestehe darauf, morgen abend mit dir einen Bummel durch die einschlägigen Etablissements zu machen. Du wirst mir sonst griesgrämig."

Der Herzog lachte.

„Meinst du wirklich?" fragte er. „Jedenfalls bin ich einverstanden. Nach einem Gespräch mit Jason werde ich wahrscheinlich froh sein, wenn ich Ablenkung bekomme."

Die Kutsche hielt vor dem Stadtpalais. Der Herzog stieg aus.

„Bringen Sie Major Chertson nach Hause", sagte er zu seinem Kutscher. „Er wohnt in der Half-Moon-Street. Ich brauche Sie anschließend nicht mehr."

Der Kutscher nickte, zog kurz den Zylinder und fuhr weiter.

Einer der neuen Diener öffnete die Tür, und der Herzog ging an ihm vorbei in die Halle.

„Wie heißen Sie?" fragte er den jungen Mann, der einen intelligenten Eindruck machte.

„Henry, Euer Gnaden."

„Wo waren Sie beschäftigt, ehe Sie in meinen Dienst traten?"

„Ich war bei der Marine, Euer Gnaden."

„Auf welchem Schiff?"

„Auf der *Victoria,* Euer Gnaden, aber nur für ein Jahr, dann war der Krieg vorbei, und ich wurde entlassen."

„Demnach waren Sie eine ganze Weile arbeitslos?" fragte der Herzog.

„Ja, Euer Gnaden. Es ist sehr schwer heutzutage, etwas zu finden. Hier in Stellung sein zu dürfen, ist ein wahrer Segen für mich. Ich hoffe, Euer Gnaden zufriedenzustellen."

Die Art des jungen Mannes gefiel dem Herzog.

„Das werden Sie bestimmt tun", sagte er. „Nehmen Sie sich in Mr. Bateson ein Vorbild. Er war ein Leben lang Hausangestellter und weiß Bescheid wie selten jemand. Von ihm können Sie viel lernen."

„Ich werde mich anstrengen, Euer Gnaden."

Der Herzog nickte, gab dem Diener seinen Umhang und stieg die Treppe hinauf.

Oben drehte er sich noch einmal um und sah zu, wie Henry die Haustür verriegelte und sich dann in den gepolsterten Sessel setzte, in dem der Diener, der jeweils Nachtwache hatte, die Stunden bis zum Morgengrauen verbringen mußte.

Beruhigt darüber, daß alles seine Ordnung hatte, ging der Herzog zu den Schlafgemächern, die seit Generationen vom Herzog und dessen Gemahlin bewohnt wurden.

Wie auch im Schloß, stand in seinem Zimmer ein breites Bett mit vier Pfosten und Baldachin.

Er betrat den Ankleideraum, in dem eine Kerze brannte. Sie stand in einem silbernen Leuchter, in den das Wappen der Harlingtons eingraviert war.

Durch den Schlitz unter der Tür sah er, daß auch im Schlafzimmer Licht brannte und glaubte, sein Kammerdiener warte dort auf ihn.

Als er die Tür öffnete und keinen Kammerdiener vorfand, war er leicht verärgert. Er ging zum Kamin und wollte am Klingelstrang ziehen, aber eine Stimme in seinem Rücken hielt ihn davon ab.

„Ich habe deinem Diener gesagt, daß er gehen kann."

Der Herzog zuckte zusammen und drehte sich um.

In seinem Bett lag Lady Isobel.

Außer einem Smaragdkollier hatte sie nichts am Leib. Trotz seines Ärgers bemerkte der Herzog, daß es neu war.

Wahrscheinlich ein Geschenk vom Herzog de Gramont, dachte er.

„Was hast du hier zu suchen, Isobel?"

Sein Ton war eisig.

„Ich warte auf dich, Liebling."

„Ich dachte, du bist nach Hause gefahren."

Der Herzog suchte krampfhaft nach einer Möglichkeit, Lady Isobel loszuwerden. Ihr Benehmen war schockierend. Wenn jemand davon erfuhr, gab es einen Skandal.

Aber das war offensichtlich ihre Absicht. Er war ihr in die Falle gegangen und konnte jetzt zusehen, wie er sich aus der Affäre zog.

Während er überlegte, streckte sie die Arme nach ihm aus.

„Ich werde dir alles erklären", sagte sie mit einschmeichelnder Stimme. „Komm, wenn ich mich an dich schmiegen kann, fällt es mir leichter."

Der Herzog lag auf dem Rücken und starrte an die dunkle Decke. Isobels Atem war regelmäßig, sie schlief tief und fest.

Sie hatten sich leidenschaftlich geliebt und ihre Körper waren erschöpft und befriedigt.

Lady Isobel hatte es wieder einmal fertiggebracht, ihn zu sich zu locken und ihm das abzuverlangen, wonach sie sich sehnte.

Er hatte es ihr gegeben, aber nicht ohne Hintergedanken. Wenn er sich geweigert hätte, wäre es zu einer jener unvermeidlichen Szenen gekommen, die er haßte.

Jetzt allerdings war sein Moment gekommen.

Lautlos verließ er das Bett, nahm seine Kleider, schlich sich aus dem Zimmer und zog sich wieder genauso an, wie er in Carlton House angezogen gewesen war.

Henry, der inzwischen eingeschlafen war, schreckte in die Höhe, als der Herzog plötzlich vor ihm stand.

„Ich muß noch einmal weggehen, Henry", erklärte der Herzog. „Sobald ich aus dem Haus bin, laufen Sie zum Stadtpalais des Herzogs von Melchester in der Park Lane."

„Sehr wohl, Euer Gnaden."

„Sie wecken den Kutscher", fuhr der Herzog fort, „und richten ihm aus, daß er sofort hierherkommen und Lady Isobel abholen soll."

„Sehr wohl, Euer Gnaden."

„Wenn die Kutsche da ist, holen Sie das erste Zimmermädchen – ich habe den Namen vergessen. Sie sagen ihr, daß sie Lady Isobel stützen soll."

Der Diener sah den Herzog mit verständnislosem Blick an.

„Erklären Sie ihr", fuhr dieser fort, „daß sich Lady Isobel nicht wohl fühlt, und sich daher hingelegt hat, bis sie abgeholt wird. Haben Sie verstanden?"

„Ja, Euer Gnaden."

„Gut, dann machen Sie alles so, wie ich es Ihnen gesagt habe."

„Ich werde mein Bestes tun, Euer Gnaden."

„Gut so."

Der Herzog wandte sich zur Tür, die der Diener für ihn entriegelte.

„Euer Gnaden brauchen keine Kutsche?" fragte Henry.

„Nein, ich habe es nicht weit", antwortete der Herzog.

Keine zwei Minuten später öffnete ihm in der Half-Moon-Street ein verschlafener Nachtwächter die Tür.

Der Herzog stieg schnell in den ersten Stock, wo Major Chertson für sich persönlich zwei, und für seinen Diener ein Zimmer gemietet hatte.

Es dauerte eine ganze Weile, bis das Klopfen des Herzogs Erfolg hatte.

Als Gerald endlich im Nachthemd die Tür öffnete, sah er seinen Freund fassungslos an.

„Ivar! Zu so später Stunde? Was ist denn jetzt schon wieder los?"

Der Herzog betrat das Schlafgemach des Freundes, der schnell eine Kerze angezündet hatte, ehe er aus dem Bett gestiegen war.

Er berichtete in kurzen Worten, was geschehen war.

Der Herzog nickte.

„Du bist dir hoffentlich im Klaren, was das für Auswirkungen hat, Ivar“, fuhr Gerald fort. „Sie wird ihrem Vater erzählen, daß sie die Nacht bei dir verbracht hat, und der Herzog von Melchester wird darauf bestehen, daß du sie heiratest.“

„In dem Punkt täuschst du dich“, erklärte der Herzog. „Ich habe einen Diener beauftragt, in die Park Lane zu eilen und dem Kutscher des Herzogs auszurichten, daß Lady Isobel abgeholt werden möchte. Ich habe ihn weiterhin angewiesen, das erste Zimmermädchen zu wecken, weil Lady Isobel Hilfe braucht – sie wurde von plötzlicher Übelkeit befallen.“

Major Chertson sah ihn kopfschüttelnd an.

„Und du bildest dir ein, daß Isobel das alles so einfach hinnimmt?“

„Es wird ihr nichts anderes übrigbleiben.“

„Und was machst du jetzt?“

„Ich?“ fragte der Herzog. „Ich lasse mich von dir zum wichtigsten Ball führen, der in dieser Nacht in London gegeben wird.“

Gerald sah ihn an, als habe er den Verstand verloren.

„Es kann doch nicht angehen, daß du meinen Plan nicht durchschaust, Gerald“, sagte der Herzog. „Wenn man mich bis zum frühen Morgen in einer Gesellschaft tanzen sieht, die nichts anderes tut als Augen und Ohren offen zu halten, wird Lady Isobel nicht behaupten können, daß wir die Nacht zusammen verbracht haben.“

Gerald stieß einen Pfiff aus.

„Ein genialer Einfall, Ivar!“ sagte er. „Ich habe dich zwar schon oft bewundert, aber diesmal muß ich dir gratulieren!“

Er ging zum Kaminsims und blätterte die Einladungskarten durch, die er dort abgelegt hatte.

Schließlich nahm er den ganzen Stapel und drückte ihn dem Herzog in die Hand.

„Schau selber nach“, sagte er. „Ich ziehe mich währenddessen an.“

Major Chertson hatte für den betreffenden Abend sechs Einladungen bekommen, wovon die, die ihm die Gräfin Jersey geschickt hatte, mit Abstand die vielversprechendste war.

Die Gräfin war zu gesellschaftlichem Ruhm gekommen, nachdem sie das flatterhafte Herz des Prinzen von Wales gefangen und ihn Mrs. Fitzherbert abspenstig gemacht hatte, von der gemunkelt worden war, sie sei heimlich mit dem Prinzen verheiratet.

Obwohl Marie Fitzherbert den Prinzen glühend geliebt hatte, hatte sie ihn von Anfang an durchschaut.

„Er liebt die Frauen viel zu sehr, um einer treu bleiben zu können“, hatte jemand einmal gesagt.

Diese Worte hatten sich immer wieder bestätigt.

Das selbstsüchtige Handeln des Prinzen hatte sie manchmal tief deprimiert, doch jedesmal hatte sie ihm wieder verziehen. Als sie jedoch sicher war, daß er sich in die Gräfin Jersey verliebt hatte, war ihre Verzweiflung groß gewesen.

Die Gräfin, Mutter von zwei Söhnen und sieben Töchtern, die ihr zum Teil schon Enkel beschert hatten, war neun Jahre älter als der Prinz, besaß einen umwerfenden Charme und war eine anerkannte Schönheit.

Man betonte immer wieder, daß sie verführerisch und faszinierend sei wie selten eine Frau.

Die Affäre mit dem Prinzen hatte einige Jahre gedauert und der Gräfin einen Platz in der Gesellschaft gesichert, der ihr nicht strittig zu machen war.

Die Gräfin auf seiner Seite zu haben, war für den Herzog zweifellos eine Waffe, gegen die Lady Isobel machtlos war.

Als Gerald, der ebenfalls dieselben Sachen trug wie beim Diner im Carlton House, wieder in das Zimmer kam, hielt ihm der Herzog die Einladung der Gräfin entgegen.

„Einverstanden?“ fragte er.

„Dein Wunsch ist mir Befehl“, entgegnete Gerald lachend und sie eilten die Treppe hinunter.

„Keine Kutsche?“ fragte Gerald, als sie das Haus verließen.

„Nein, wir müssen leider zu Fuß gehen.“

Der Zufall kam ihnen zu Hilfe, denn in dem Augenblick kam eine Mietkutsche um die Ecke, die beiden Herren stiegen ein.

„Was die Vorstellung anbelangt“, sagte der Herzog, als der Kutscher seinen müden Gaul antrieb, „verlasse ich mich ganz auf dich. Ich habe die Gräfin seit mindestens neun Jahren nicht mehr gesehen.“

„Sie wird dich mit offenen Armen willkommen heißen“, sagte Gerald. „Erstens liebt sie gutaussehende Männer, und zweitens bist du mittlerweile Herzog, und sie wird entzückt sein, dich wie eine scheue Debütantin der Crème vorstellen zu können.“

„Eben", sagte der Herzog in trockenem Ton.

Gerald lehnte sich lachend zurück.

„Typisch du, Ivar!" sagte er. „Du hast immer Überraschungen parat, mit denen kein Mensch rechnet. Erzählt mir von einem langen, anstrengenden Tag und einem Kopf voll Problemen, will früh schlafen gehen und steht plötzlich vor meiner Tür. Ich wollte, ich könnte Isobels Gesicht sehen, wenn das Zimmermädchen sie weckt und ihr sagt, daß die Kutsche ihres Vaters vor der Tür steht."

„Ich stelle mir das lieber nicht vor."

„Aber aufgeben wird sie nicht so schnell, Ivar – denk an meine Worte. Sie hat sich in den Kopf gesetzt, Herzogin von Harlington zu werden und wird sich nur noch fester an dich klammern."

„Herzogin von Harlington wird sie nicht, darauf gebe ich dir Brief und Siegel."

Als sie vor dem Haus der Gräfin von Jersey ankamen, war es kurz vor zwei Uhr.

Die Gräfin, trotz ihres Alters eine fabelhaft aussehende Frau, hielt Major Chertson hocherfreut beide Hände entgegen.

„Ich dachte schon, Sie haben etwas Besseres vor, Sie Schlingel", rief sie. „Nett, Sie doch noch zu sehen."

Gerald küßte ihr galant die Hand.

„Verzeihen Sie, daß ich so spät komme", sagte er, „aber ich habe meinem Freund Ivar Harlington, der eben erst nach London zurückgekommen ist, ein paar Attraktionen des Londoner Nachtlebens gezeigt."

Die Gräfin hielt dem Herzog die Hand entgegen.

„Ich wußte nicht, daß Sie zurück sind", sagte sie,

ohne einen Hehl aus ihrer Freude zu machen. „Ich hätte Sie sonst natürlich längst mit Einladungen bombardiert."

„Von Seiner königlichen Hoheit abgesehen, sind Sie die erste, der ich meine Aufwartung mache", entgegnete der Herzog.

Die Gräfin war geschmeichelt.

Innerhalb weniger Minuten hatte sie ihn einem Dutzend Leute vorgestellt, denen sie jeweils einen kurzen Abriß seiner Heldentaten gab.

Obwohl der Herzog so lange im Ausland gewesen war, wußte sie mehr über ihn, als er angenommen hätte, und war sich seiner gesellschaftlichen Stellung sehr wohl bewußt.

Nachdem er zweimal mit der Gräfin getanzt und sich mit mehreren Leuten unterhalten hatte, wurde er zu seiner großen Freude zum Souper gebeten.

Die Konversation bei Tisch war so prickelnd und spritzig wie der Champagner, der zu köstlichen Speisen serviert wurde.

Danach gelang es dem Herzog, die Gräfin für einen Moment allein sprechen zu können.

„Ich brauche einen Rat", begann er, in einem kleinen Salon ihr gegenüber sitzend. „Meiner Ansicht nach können nur Sie mir helfen, Gräfin."

„Worum geht es denn?" fragte diese.

Er berichtete ihr kurz von der Krankheit seines Vorgängers, die sich hauptsächlich darin geäußert hatte, daß seine Tochter wie eine Magd behandelt worden und von Freunden und Verwandten ferngehalten worden war.

Die Zustände im Schloß und auf den Ländereien erwähnte der Herzog nicht. Es ging ihm nur darum, bei der Gräfin Mitleid für Alvina zu erwecken.

Er berichtete ihr, daß seine Cousine Kleider ihrer verstorbenen Mutter auftragen mußte, weil sie sich nie etwas Neues hatte leisten können und noch nie auf einer Gesellschaft oder einem Ball gewesen war.

„Ich muß mich um sie kümmern“, sagte er zum Schluß, „weiß aber nicht, wie ich es anstellen soll.“

Die Gräfin nickte.

„Ich sehe ihr Problem“, erklärte sie, „aber da läßt sich etwas machen. Als Familienoberhaupt stellen Sie ihr doch die nötigen Mittel zur Verfügung, oder?“

„Natürlich“, sagte der Herzog. „Aber sie braucht jemanden, der sie in die Gesellschaft einführt und sie in die besten Modesalons empfiehlt.“

Die Gräfin lächelte.

„Nichts leichter als das“, sagte sie. „Welche Frau könnte widerstehen, eine ganze Garderobe anfertigen zu lassen, selbst dann, wenn eine andere die Sachen tragen wird.“

„Sie wollen mir demnach helfen, die geeignete Dame zu finden?“

„Wenn Ihre Cousine in London ist, dann kann sie erst einmal bei mir wohnen“, schlug die Gräfin vor. „Wenn sie dann eingekleidet ist und ich sie den entsprechenden Leuten vorgestellt habe, sehen wir weiter.“

„Ich weiß nicht, wie ich Ihnen danken soll“, rief der Herzog. „Andererseits möchte ich Ihre Gutmütigkeit nicht zu sehr strapazieren.“

„Ich bin nicht so uneigennützig wie Sie denken“, sagte die Gräfin lächelnd.

„Womit kann ich mich erkenntlich zeigen?“

„Indem Sie zu all meinen Gesellschaften kommen und es mir gestatten, eine Frau für Sie zu finden, die den berühmt prachtvollen Schmuck der Harlingtons mit Anmut und Würde trägt.“

Der Herzog lachte.

„Verehrte Gräfin“, sagte er. „Sie sehen in mir einen ergebenen Diener. Ich tue alles, was Sie wollen, aber Sie dürfen mich nicht vor den Altar zerren, ehe ich innerlich zur Ruhe gekommen bin. Wellington ist ein unerbittlicher Mann. Er hat während der letzten Jahre fast Unmenschliches von mir verlangt. Ich muß mich erst einmal erholen, denn eine Ehefrau, fürchte ich, fordert einen auch von früh bis spät.“

„Ach was!“ wehrte die Gräfin ab. „Ich suche Ihnen ein sanftes, liebes und anpassungsfähiges Mädchen.“

„Gibt es das überhaupt?“ Der Herzog lachte. „Nein, lassen Sie mich bitte mein Junggesellendasein noch eine Weile genießen. Ich habe es verdient.“

Die Gräfin streifte seine Ordensbrust mit einem bewundernden Lächeln.

„Mit Sicherheit“, sagte sie. „Aber ich warne Sie, mein Lieber. Sie sind unerhört attraktiv und sehen blendend aus. Die Damen werden alles tun, um Sie in ihre Fänge zu bekommen.“

Der Herzog versuchte, nicht an Lady Isobel zu denken, die nichts anderes im Sinn hatte.

„Nach den vielen Jahren Krieg klingt das sehr verlockend“, sagte er.

„Meinen Sie?“ Ein verschmitztes Lächeln huschte über das Gesicht der Gräfin. „Dann werde ich Ihnen doch gleich jemand vorstellen.“

Sie winkte eine attraktive Frau zu sich, die eben in der Tür des Salons erschienen war.

Sie kam artig auf die Gräfin zu, die sie mit dem Herzog bekannt machte.

„Wie wär's denn, wenn Sie den nächsten Walzer zusammen tanzen?" fügte sie hinzu.

Nach Beendigung dieses Walzers wußte der Herzog, daß er eine neue Eroberung gemacht hatte. Er versprach der jungen Dame, sich am Nachmittag zum Tee bei ihr einzufinden.

Der Herzog und Major Chertson verließen das Fest zusammen. Da die Sonne im Osten bereits die ersten Strahlen an den Himmel warf, beschlossen sie, zu Fuß nach Hause zu gehen.

„Die frische Luft wird uns guttun", sagte der Herzog.

Sein Freund nickte.

„Du hast wieder einmal alle Herzen im Sturm genommen, Ivar", sagte er. „Unsere Gastgeberin ist begeistert von dir. Sie hat mir erzählt, daß sie dir versprochen hat, deine Cousine unter ihre Fittiche zu nehmen. Das war ein schlauer Schachzug von dir."

Der Herzog lächelte zufrieden.

„Nicht wahr?" sagte er. „So bekommt Alvina wenigstens den richtigen Start."

„Wie ich die Gräfin kenne, hat sie innerhalb von wenigen Wochen den geeigneten Mann für deine Cousine gefunden, und du bist alle Sorgen los."

Der Herzog runzelte die Stirn.

„Das hat absolut keine Eile", sagte er.

Vielleicht war es dumm, mit der Gräfin zu sprechen, dachte er.

Die Voraussage seines Freundes Gerald erwies sich als richtig. Das Gespräch mit Jason um elf Uhr war höchst unangenehm.

Allein schon sein Aufzug störte den Herzog.

Wenn er und Wellington etwas noch nie hatten leiden können, dann war es die in Mode gekommene Manie, sich als Dandy zu verkleiden. Die hochgebundenen Seidenschals, überbreiten Schultern, eingeschnürten Taillen und Hosen, die so knapp geschnitten waren, daß sie feucht gemacht werden mußten, ehe man sie anziehen konnte, wirkten ausgesprochen lächerlich.

Die Spitzen von Jasons Kragen reichten bis zu den Koteletten, seine seidene Krawatte schien ihm fast den Atem abzuschnüren. An die wattierten Schultern waren groteske Puffärmel angesetzt.

Er trug ein von Parfum triefendes Spitzentaschentuch bei sich, das er sich geziert unter die Nase hielt.

Sein Gesicht allerdings strafte sein verweichlichtes Gehabe Lügen. Sein Blick war hart und gierig.

Jason war fünf Jahre älter als der Herzog und schien nur auf eines aus zu sein: Seine Zukunft gesichert zu sehen und fortan weitaus mehr Geld zur Verfügung zu haben als bisher.

Wie schon so oft, fragte sich der Herzog, warum Jason wohl keine reiche Frau geheiratet hatte.

Die Antwort lag im Grunde auf der Hand. Eine Dame aus Adelskreisen zu finden, die sich auf eine Ehe mit Jason einließ, war nicht zu finden, und er war viel zu versnobt und zu stolz auf seinen Namen, als daß er sich mit der bürgerlichen Tochter eines Kaufmanns zufriedengegeben hätte.

Er hatte es daher vorgezogen, sich Geld von Freunden und Bekannten zu leihen, hatte gespielt und Schulden gemacht, die er ohne die Hilfe der Familie unmöglich begleichen konnte.

Der Herzog wußte, daß Jason jedes Mittel recht und bereit war, nicht einmal vor Erpressung zurückzuschrecken.

Der Herzog bot seinem Cousin erst einmal einen Drink an, den dieser natürlich nicht ablehnte.

Als die beiden Cousins schließlich in der Bibliothek in Sesseln Platz nahmen, die sich gegenüber standen, kam dem Herzog die Situation fast lachhaft vor.

Wie zwei Doggen, dachte er, von denen jede auf den Angriff der anderen wartet.

Der Herzog beschloß, den Anfang zu machen.

„Ich kann mir denken, warum Sie mich zu sprechen wünschen, Jason“, sagte er. „Man hat mir bereits erzählt, daß Sie hoch verschuldet sind. Ich halte es daher für das Beste, wenn Sie nichts zu beschönigen versuchen, sondern mir gleich eingangs sagen, um welche Beträge es sich handelt.“

Sein Cousin nannte eine Summe, die ihm fast den Atem raubte, doch der Herzog wußte sich zu beherrschen. Sein Gesicht blieb völlig unbewegt.

„Ist das alles?“ fragte er.

„Ich denke schon“, antwortete Jason.

Der Herzog schwieg bewußt.

„Für Sie ist das alles sehr einfach“, fuhr Jason fort, weil er die Stille nicht zu ertragen schien. „Sie erben Grundbesitz und Vermögen, ohne einen Finger rühren zu müssen. Sind Sie sich eigentlich bewußt, welches Glück Sie gehabt haben? Als Familienoberhaupt sind Sie verpflichtet, denen zu helfen, die nicht unter demselben Glücksstern geboren sind."

Sein Ton war anmaßend und frech.

„Ich gebe zu, daß das Schicksal mir gewogen war, Jason", entgegnete der Herzog ruhig. „Aus diesem Grunde bin ich zu zwei Maßnahmen bereit."

„Nämlich?"

„Zum ersten werde ich Ihre horrenden Schulden bezahlen und werde Ihnen zum zweiten eine jährliche Unterstützung von eintausend Pfund aussetzen."

„Zweitausend!"

„Nein, eintausend!" entgegnete der Herzog kühl. „Und diese Eintausend nur unter einer Bedingung."

„Welcher?"

„Daß Sie ins Ausland gehen und während der nächsten fünf Jahre nicht nach England zurückkehren."

Jason sah ihn mit ungläubigem Blick an.

„Das kann nicht ihr Ernst sein."

„Es ist mein heiliger Ernst. Wenn Sie sich weigern, ist für mich der Fall erledigt."

Jason fuhr in die Höhe.

„Das ist undenkbar", rief er.

„Wenn Sie sich, wie gesagt, weigern", erklärte der Herzog mit totaler Gelassenheit, „bezahle ich weder Ihre Schulden noch rühre ich einen Finger für Sie."

„Ich habe selten etwas so Skandalöses gehört", schrie Jason.

„Skandalös?" wiederholte der Herzog. „Ich finde, daß ich mich Ihnen gegenüber ausgesprochen großzügig zeige. Sie haben derart hohe Schulden gemacht, daß es mich nicht wundern sollte, wenn Sie im Gefängnis landen würden. Da eine ganze Reihe von dringlichen Dingen erledigt und finanziert werden muß, ist es absolut unerläßlich, daß Sie sich nicht mehr in eine derart mißliche Situation bringen, Cousin Jason."

„In anderen Worten – Sie wollen alles für sich persönlich ausgeben."

„Davon kann nicht die Rede sein, und ich bin außerdem nicht bereit, diesen Punkt mit Ihnen zu diskutieren. Wie ich höre, haben Sie irgendwann dem Schloß einen Besuch abgestattet. Es dürfte Ihnen während Ihres Aufenthaltes dort aufgefallen sein, daß Unsummen für dessen Wiederinstandsetzung ausgegeben werden müssen, von den Schulen, die stillgelegt sind, dem Waisenhaus und den Pächterhäusern, die in völlig verwahrlostem Zustand sind, ganz zu schweigen."

Noch während er sprach, war es dem Herzog klar, daß all dies seinen Cousin nicht im geringsten interessierte.

„Ich habe keine Lust, im Ausland zu leben", erklärte dieser wie ein bockiges Kind.

„Ich bin überzeugt davon, daß es Ihnen in Paris oder in einer anderen französischen Stadt – wie Nizza zum Beispiel – blendend gefallen wird. Es ist; wie gesagt, mein heiliger Ernst, Jason. Ich will Sie aus dem Land haben. Vor allem dann, wenn unsere gemeinsame Cousine Alvina in die Gesellschaft eingeführt wird."

„Unsere gemeinsame Cousine Alvina ist mir so egal wie nur etwas", entgegnete Jason. „Es geht schließlich um mein Leben, und das werde ich in England verbringen."

„Dann kann ich nur hoffen, daß Sie die Mittel finden, es zu finanzieren“, sagte der Herzog und stand auf.

Jason schien endlich kapiert zu haben, daß er gegen eine Backsteinmauer stieß.

„Der Teufel soll sie holen!“ zischte er. „Es scheint mir nichts anderes übrig zu bleiben, als mich Ihrem Willen zu beugen.“

„So ist es.“

„Also gut!“

Jason zog einen Stoß Rechnungen aus der Tasche.

„Bitte schön!“ Er warf sie auf den Schreibtisch. „Wenn Sie sich die Peinlichkeit ersparen wollen, mich aus dem Gefängnis auslösen zu müssen, dann zahlen Sie möglichst schnell.“

„Falls Sie sich nicht zu einem anderen Wohnort entschließen sollten“, überging der Herzog die anmaßende Bemerkung, „überweise ich den ersten Teil Ihres Unterhalts an die Coutt's Bank in Paris. Ich werde Anweisung erteilen, daß Sie nur dann etwas von Ihrem Konto abheben können, wenn Sie persönlich einen Scheck vorlegen.“

Jason, der direkt vor seinem Cousin stand, ballte die Hände zu Fäusten.

„Wie Sie meinen, Cousin Ivar“, sagte er mit verzerrter Stimme. „Noch haben Sie Oberwasser, aber vergessen Sie das alte Sprichwort nicht: Wer zuletzt lacht, lacht am besten.“

Als er sich an der Tür noch einmal umdrehte, sprühte Haß aus seinen Augen.

6

Nach ihrem Ausritt kam Lady Alvina summend ins Schloß zurück.

Leute für Haus und Garten anstellen und den Pächtern versichern zu können, daß ihre Häuser gerichtet und der Zins ihnen vorerst gestundet würde, erfüllte sie mit großem Glück.

Die Nachricht, daß Not und Elend ein Ende hatten, hatte sich schnell im Dorf und über die zweitausend Morgen Land, die der Herzog besaß, verbreitet.

Lady Alvina war überzeugt davon, daß die frohe Kunde auch auf seinen anderen Besitzungen Erleichterung ausgelöst hatte und Leute, die entlassen worden waren, wieder eingestellt wurden.

Es ist wie im Märchen, dachte sie.

Die Jahre, in denen ihr Vater nur von Geld und Armut gesprochen hatte, kamen ihr wie ein Alptraum vor, aus dem sie endlich hatte aufwachen dürfen.

Der Herzog war bereits seit fünf Tagen weg, aber die Zeit verging ihr schnell und sie fühlte sich nicht einsam.

Sie mußte so viele Menschen aufsuchen und so viele Dinge besprechen, daß sie kaum wußte, wo ihr der Kopf stand.

Obwohl der Herzog nicht da war, hatte sie ständig das Gefühl, daß er ihr zur Seite stand.

Sie mußte auf Schritt und Tritt an ihn denken und dankte ihm insgeheim immer wieder, daß er so großzügig war.

Am Morgen, während sie gefrühstückt hatte, war eine Postkutsche aus London gekommen.

Ihr Herz hatte höher geschlagen, weil sie geglaubt hatte, daß der Herzog zurückgekehrt war.

Stattdessen hatte einer der neuen Diener mehrere große Schachteln entgegengenommen.

„Für Sie, Mylady“, hatte der junge Mann gesagt, als sie in die Halle gekommen war.

„Für mich?“ hatte sie ungläubig gefragt.

Als Sie ihren Namen auf einer der Schachteln entdeckt hatte, hatte sie geahnt, was sie und die anderen enthielten.

Der Diener hatte die Schachteln in ihr Schlafzimmer getragen.

Als Alvina sie mit Hilfe von Emma öffnete, kamen Gewänder zum Vorschein, die ihr den Atem verschlugen. Nicht in ihren kühnsten Träumen hätte sie zu hoffen gewagt, jemals so eine elegante Garderobe zu besitzen.

Es waren insgesamt vier Kleider, zwei für den Tag, zwei für abends, und ein leichtes Reitkostüm von einem so raffinierten Schnitt, daß es nur in einem der besten Ateliers angefertigt sein konnte.

Die Sachen waren erst zum Teil ausgepackt, als das gesamte weibliche Hauspersonal angelaufen kam: drei neue Zimmermädchen, Mrs. Johnson, Mrs. Walton und die Küchenhilfen.

Alvina wußte, daß sie die Frauen und Mädchen eigentlich in ihre Schranken hätte weisen müssen, aber sie hatten die schlechten Zeiten mit ihr durchgestanden, also sollten sie auch an den guten teilhaben.

Unter Ausrufen der Bewunderung hielt sie ein Gewand nach dem anderen in die Höhe. Das Reitkostüm zog sie sogar an.

„Ich kann Ihnen gar nicht sagen, wie ich mich für Sie freue, Mylady!“ rief Mrs. Walton. „Endlich sind Sie so angezogen, wie es Ihnen gebührt. Gott segne unseren Herzog. Er hat uns die alten Zeiten zurückgeholt und uns alle wieder glücklich gemacht.“

Ihre Worte waren so rührend, daß Lady Alvina die Tränen in die Augen stiegen.

Instinktiv umarmte sie Mrs. Walton und gab ihr einen Kuß auf die Wange.

„Jedes Glück, das mir beschert wird, werde ich mit Ihnen allen teilen“, sagte sie. „Sie waren in den letzten Jahren so lieb zu mir und sind mir so treu zur Seite gestanden.“

Am Tag zuvor waren zwei Pferde gebracht worden, die sie in die gleiche euphorische Stimmung versetzt hatten wie die Kleider.

Sie hatte sofort gesehen, daß eines der Pferde für sie bestimmt war, denn es war kleiner und zierlicher als der stattliche Hengst, auf dem der Herzog wie ein Ritter auszusehen versprach.

Als sie am Abend zuvor zu Bett gegangen war, hatte sie sich vorgenommen, nicht enttäuscht zu sein, wenn ihr Cousin lange in London blieb. Er hatte schließlich viel zu erledigen.

Da sie bisher ein so ruhiges, zurückgezogenes Leben geführt hatte, hatte sie wenig Erfahrung. Dennoch wußte sie sehr wohl, daß der Herzog ein ausnehmend gutaussehender Mann war und sich überall, mochte die Gesellschaft noch so mondän und vornehm sein, größter Beliebtheit erfreute.

Vielleicht, dachte sie, stellt er jetzt bei seinem längeren Aufenthalt in London fest, daß ihm das Leben auf dem Lande doch nicht so zusagt.

Sie stellte sich vor, wie er im Carlton House ein und ausging, wie der Prinzregent ihm freundlich auf die Schultern klopfte und die schönen Damen, mit denen dieser sich zu umgeben pflegte, bemüht waren, ihm zu gefallen.

Außer dem, was sie in den Klatschspalten der Zeitungen gelesen hatte, wußte sie wenig über das Gesellschaftsleben in London.

Aber einen Hauch von Gesellschaft würde sie ja zu spüren bekomen, wenn der Herzog den Ball gab, auf den sie sich inzwischen von Herzen freute.

Die Leute aus der Umgebung, die unbedingt eingeladen werden mußten, hatte sie bereits auf einer Liste aufgeführt.

Auch mit der Renovierung des großen Festsaals war bereits begonnen worden, aber es dauerte noch seine Zeit, bis alles so war, daß man Gäste empfangen konnte.

Als sie nach ihrem Ritt in die Halle kam, wurde sie von zwei jungen Dienern begrüßt.

„Haben Mylady das schöne Wetter genossen?“ fragte einer von ihnen.

„Ja, sehr sogar“, antwortete Alvina.

Sie stieg die Treppe hinauf und wollte in ihr Schlafzimmer gehen, als sie zu ihrem Erstaunen einen Mann vor den Gemächern des Herzogs stehen sah.

Im ersten Moment dachte sie, ihr Cousin sei zurückgekommen, doch er war es nicht und es war auch kein Diener.

Merkwürdig, daß mir nichts gesagt worden ist, dachte sie, während sie auf den seltsamen Fremden zuging.

Der Gang war in diesem Teil des Schlosses sehr lang und selbst bei Tag ziemlich düster.

Nach ein paar Schritten jedoch erkannte sie den Mann an der Gestalt.

„Cousin Jason!“ rief Lady Alvina. „Kein Mensch hat mir gesagt, daß Sie da sind.“

„Ich habe Sie durch den Park reiten sehen“, entgegnete Jason Harling, „wollte Sie aber nicht stören.“

„Ich hatte keine Ahnung, daß Sie uns zu besuchen beabsichtigen“, sagte Lady Alvina, „sonst wäre ich natürlich zu Hause gewesen und hätte sie willkommen geheißen.“

„Wozu die Höflichkeitsgeste?“ wehrte Jason ab. „Wir sind schließlich verwandt und ich fühle mich hier genauso zu Hause wie Sie.“

Obwohl seine Worte nicht verletzend waren, hatte Alvina das Gefühl, daß er verletzen wollte.

Alvina zwang sich, dennoch zuvorkommend und freundlich zu sein.

„Kann ich Ihnen denn eine Tasse Tee oder sonst irgendeine Erfrischung anbieten?“ fragte sie.

„Sieh an – wie nett von Ihnen“, sagte Jason in sarkastischem Ton.

Es lag ihr auf der Zunge, ihn zu fragen, was er hier oben zu suchen habe, aber sie beherrschte sich.

„Was ist Ihnen lieber, Cousin Jason?“ fragte sie, als

sie zusammen die Treppe hinuntergingen. „Tee oder ein Glas Wein?"

Jason antwortete ihr nicht, sondern wandte sich an Walton, der gerade durch die Halle ging.

„Bringen Sie eine Flasche Champagner in die Bibliothek!" befahl er in einem Ton, der keine Widerrede zuließ.

Der Butler sah Lady Alvina erstaunt an.

„Sehr wohl, Master Jason", antwortete er, als diese ihm durch ein Nicken zu verstehen gegeben hatte, daß sie einverstanden war. „Mögen Sie etwas essen?"

„Nein, der Champagner genügt mir", antwortete Jason und ging zur Bibliothek.

„Der Salon wird wieder benützt", sagte Alvina. „Wenn Sie lieber dort . . ."

„Nein", fiel ihr Jason ins Wort. „Ich ziehe die Bibliothek vor. Wissen Sie eigentlich, daß jedes Museum Europas ein Vermögen für die Shakespeare Folianten und die Erstausgabe der *Canterbury Tales* bezahlen, die in unserem Besitz sind?"

Lady Alvina hatte das Gefühl, sich nicht alles bieten lassen zu können.

„Es dürfte Ihnen bekannt sein", entgegnete sie, „daß alles, was sich im Schloß befindet, dem jeweiligen regierenden Herzog gehört. Und zwar auf Lebenszeit."

„Natürlich ist mir das bekannt", sagte Jason lächelnd. „Es fragt sich nur, wie lange er lebt."

Zum Glück hatte einer der Diener bereits die Tür hinter Lady Alvina und Jason Harling geschlossen, sie wäre sonst vor Scham über die abfälligen Worte ihres Cousins im Boden versunken.

Am liebsten wäre sie vor ihm zurückgewichen. Er kam ihr wie ein böses Reptil vor, das jeden Moment zum Angriff ausholen konnte.

Jason ging zum Kamin und ließ sich in einen der Sessel fallen.

„Tja, meine liebe Cousine“, sagte er, „so kann sich das alles ändern. Sie sind plötzlich wie aus dem Ei gepellt. Ich gratuliere Ihnen zu Ihrem Reitkostüm. Man kann bloß staunen! Salons werden wieder benutzt, im Stall stehen Pferde, in der Halle Diener. Der neue Herzog scheint ordentlich Geld unter die Leute zu bringen.“

Alvina schwieg.

„Ich bin übrigens gekommen“, fuhr Jason fort, „um mich von Ihnen und natürlich vom Familienoberhaupt der Harlings zu verabschieden, zu denen ich mich natürlich zähle.“

„Zu verabschieden?“ fragte Alvina.

„Hat Ihnen der regierende Herzog, mein geschätzter Cousin, der hoheitsvolle General, der sich im Krieg so tapfer geschlagen hat, nicht erzählt, was er mit mir vorhat?“

Sein Ton war so gemein und spöttisch, daß Lady Alvina errötete.

„Cousin Ivar ist noch nicht aus London zurück“, sagte sie.

„Natürlich nicht!“ Jason lachte. „Er hat es verstanden, sich zum Günstling der Gräfin Jersey zu machen und spielt den Salonlöwen. Die anerkannten Schönheiten der Saison reißen sich wahrscheinlich um ihn.“

„Ich glaube, Sie vergreifen sich mir gegenüber im Ton, Cousin Jason“, entgegnete Alvina kühl.

„Habe ich Sie schockiert? Aber daran werden Sie sich wohl gewöhnen müssen, wenn von unserem forschen, feurigen Cousin die Rede ist. Er hat Lady Isobel verlassen, obwohl er ihr die Ehe versprochen hat. Wenn ihn der Vater der Dame nicht zum Duell fordert, wird es mit Sicherheit der Ehemann seiner momentanen Flamme tun."

Lady Alvina stand auf.

„Ich wünsche derlei Klatsch nicht zu hören", erklärte sie. „Wenn Sie ein Glas Champagner getrunken haben, sollten Sie sich wieder auf den Weg machen."

Jason lachte. Es war ein unangenehmes Lachen.

„Sie wollen mir die Tür weisen?" fragte er. „Mit welchem Recht eigentlich?"

Ehe Alvina etwas entgegnen konnte, öffnete sich die Tür und ein Diener brachte den Champagner.

Er stellte den silbernen Eiskübel auf einen kleinen Tisch neben dem Kamin ab, entkorkte die Flasche und zog sich wieder zurück, nachdem er Jason ein Glas eingeschenkt hatte.

Lady Alvina hatte dankend abgelehnt.

„Sie sagten, daß Sie gekommen sind, weil Sie sich verabschieden wollten", nahm sie höflich das Gespräch wieder auf, als sich die Tür geschlossen hatte. „Heißt das, daß Sie England verlassen?"

„Dann wissen Sie es also doch!"

„Was weiß ich?"

„Daß unser Cousin, der neue Herzog, von mir verlangt, daß ich mein Land, meine Familie und meine Freunde verlasse."

Er stieß ein abfälliges Lachen aus.

„Sie können ein noch so verwundertes Gesicht machen, liebe Cousine, es entspricht den Tatsachen. Verjagt hat er mich! Wenn ich nicht tue, was er will, läßt er mich ins Gefängnis werfen. Sie glauben doch nicht, daß Seine Gnaden etwas für mich tun würden. Im Gegenteil. Er lacht, wenn ich jämmerlich krepiere."

„Das glaube ich nicht!" rief Lady Alvina.

„Es stimmt aber. Sie können ihn ja fragen, wenn Sie ihn sehen. Aber ich lasse mir das nicht gefallen. Ich werde mich rächen, darauf können Sie sich verlassen!"

„Wie können Sie so reden, Cousin Jason!"

Jason Harling leerte sein Glas mit einem Zug, stand auf, nahm die Flasche und goß es erneut randvoll.

„Durch Generationen hinweg hat es Harlings gegeben, die den Haß von Königen und Feinden überlebt haben", fuhr er fort. „Ivar Harling wird nicht zu ihnen gehören, darauf können Sie sich verlassen. Mein Fluch wird ihn ins Grab bringen. Und eines versichere ich Ihnen – er wird eines qualvollen Todes sterben."

Lady Alvina stieß einen kleinen Schrei aus.

„Ich verbiete Ihnen, so zu mir zu sprechen! Wie kann ein Mensch so gemeine Dinge sagen?"

„Darf man die Wahrheit nicht mehr aussprechen?" entgegnete Jason. „Sie werden sehen, meine Liebe, es wird sich alles so zutragen, wie ich es vorausgesagt habe."

Er hob das Glas und trank ihr zu.

„Auf die Zukunft und den Moment, wo man uns mitteilt, daß der Herzog tot ist. Lange lebe der neue Herzog!"

Wieder trank er das Glas in einem Zug leer. Er stellte es auf den Tisch und verließ ohne ein weiteres Wort die Bibliothek.

Lady Alvina stand wie versteinert da. Jason muß wahnsinnig sein, dachte sie.

Da sie Wagenräder auf dem Kies knirschen hörte, ging sie zum Fenster und sah hinaus.

Jason stand auf einem leichten zweirädrigen Wagen, der von vier Pferden gezogen wurde, und fuhr in rasendem Tempo davon.

Lady Alvina wollte aufatmen, aber die Angst schnürte ihr die Brust zusammen.

Zwei Stunden später – Lady Alvina war gerade damit beschäftigt, Blumen zu arrangieren – hörte sie Stimmen in der Halle.

Als sie nachsehen wollte, ging auch schon die Tür auf, und der Herzog kam in den Salon.

Alvina stieß einen kleinen Freundenschrei aus und lief ihm entgegen.

„Sie sind wieder da!“ rief sie. „Wie schön! Ich habe sehnsüchtig auf Ihre Rückkehr gewartet.“

„Falls ich Sie zu lange habe warten lassen, müssen Sie mir verzeihen“, entgegnete der Herzog mit seiner tiefen, wohlklingenden Stimme. „Ich hatte viel zu erledigen.“

„Das dachte ich mir. Sie werden staunen, was sich hier alles getan hat. Ihre Pferde sind übrigens auch gekommen.“

„Haben Sie sich darüber gefreut?“ fragte der Herzog.

„Wahnsinnig!“

„Morgen werden noch weitere gebracht.“

Lady Alvina wäre am liebsten in die Höhe gehüpft. Stattdessen schlug sie nur die Hände zusammen.

„Zum Glück sind die Reparaturen in den Stallungen gut vorangegangen“, sagte sie. „Sie werden zufrieden sein. Und auch der große Festsaal sieht schon völlig anders aus. Sie müssen sich alles anschauen . . . Verzeihen Sie, Sie sind sicherlich hungrig und haben Durst. Ich werden Walton bitten . . .“

Sie sprach den Satz nicht zu Ende, denn die Tür ging auf, und ein Diener brachte ein silbernes Tablett, auf dem ein Imbiß angerichtet war.

Lady Alvina, die in ihrer ersten Freude nicht daran gedacht hatte, wußte, daß sie dem Herzog von Jasons Besuch berichten mußte. Da sie den Herzog jedoch nicht gleich mit unerfreulichen Nachrichten belasten wollte, beschloß sie, noch ein wenig damit zu warten.

Als sich dieser ein Glas Champagner eingegossen und den ersten Schluck getrunken hatte, sah er sie an.

„Und wie ist es Ihnen sonst ergangen, Alvina?“ fragte er.

„Gut“, antwortete Lady Alvina. „Sehr gut sogar. Ich muß mich bei Ihnen von Herzen für die wunderschönen Kleider bedanken. Ich kann es immer noch kaum glauben, daß sie mir gehören sollen. Seit ich so elegante Sachen habe, komme ich mir vor, als sei ich nicht mehr ich, sondern jemand anders.“

„Das, was Sie im Augenblick tragen, steht Ihnen ausgezeichnet. Sie sehen bezaubernd aus.“

Lady Alvina lächelte.

„Vielen Dank“, sagte sie. „Woher wußten Sie nur, was mir gefällt?“

„Nicht ich habe die Sachen ausgesucht“, entgegnete der Herzog, „sondern eine Dame, die in der Londoner Gesellschaft eine große Rolle spielt. Sie hat mir übrigens auch angeboten, Sie in die entsprechenden Kreise einzuführen."

Lady Alvina spürte einen Stich in der Magengrube.

„Wie . . . heißt die Dame?" fragte sie scheu.

„Ich spreche von der Gräfin Jersey", antwortete der Herzog. „Sie ist Ihnen wahrscheinlich kein Begriff. Jedenfalls zählt sie zu den Personen, die in der Londoner Gesellschaft den Ton angeben, und ich bin glücklich, daß gerade sie Sie den Leuten vorstellen wird, die von Rang und Einfluß sind."

Lady Alvina schluckte und nahm sich ein Herz.

„War die Gräfin Jersey nicht einmal eng mit dem Prinzregenten befreundet?" fragte sie.

Der Herzog zog eine Augenbraue in die Höhe.

Daß jemand, der auf dem Lande lebte, von den skandalumwobenen Zeiten der Gräfin wußte, erstaunte ihn.

Diese Zeiten lagen allerdings schon lange zurück und hatten heute mit Sicherheit keinen Einfluß mehr auf den Ruf eines jungen Mädchens, das sie unter ihre Fittiche nahm.

Lady Alvinas Frage war ihm gleichzeitig der Beweis, wie naiv und unschuldig sie doch noch war, und er fragte sich, ob es nicht ein Fehler war, sie in Kreise einzuführen, in denen intrigiert wurde und es Frauen gab, die mehr als großzügig mit ihren Gunstbezeugungen umgingen.

Er trat vor das Fenster und sah hinaus.

So daran gewöhnt, sich mit Frauen zu amüsieren, die eheliche Treue für altmodisch hielten, hatte er nicht bedacht, welchem Einfluß Alvina, die so völlig anders war, ausgesetzt sein würde.

Seine Cousine war ein junges, völlig unverdorbenes Mädchen, das noch Moralbegriffe besaß, wie sie sonst kaum noch existierten.

Da der Herzog ihre Frage offensichtlich nicht beantworten wollte, nahm Alvina ihren ganzen Mut zusammen.

„Ich habe in Ihrer Abwesenheit darüber nachgedacht, Cousin Ivar“, begann sie. „Ich meine über Ihren Vorschlag, mich nach London zu schicken. Bitte, halten Sie mich nicht für undankbar, aber ich würde lieber hierbleiben.“

„Aber liebste Alvina“, entgegnete der Herzog. „Man muß doch auch seinen Horizont erweitern.“

„Sicherlich. Sie halten mich bestimmt für töricht und dumm, aber wenn Mama mich begleiten könnte, wäre das ganz anders. Sie würde aufpassen, daß ich keine Fehler mache.“

Der Herzog mußte an die Unterhaltung während des Soupes im Hause der Gräfin denken. Die Gespräche waren zweifellos geistvoll und amüsant gewesen, aber jedes zweite Wort war anzüglich oder zumindest doppeldeutig und höchst unpassend für die Ohren eines jungen Mädchens gewesen.

Allein schon die Blicke, mit denen ihn Lady Isobel oder die anderen Frauen maßen, mit denen er während der letzten Jahre ausgegangen war! Alle wollten sie letztlich immer nur das eine.

Wie anders doch seine Cousine war, und wie sehr sie sich über seine Rückkehr gefreut hatte. In ihrem Wesen spiegelte sich alles wieder – der Sonnenschein draußen, die Blumen im Garten, die Frische der Luft und der Flug der Vögel.

Sie war jung wie der Frühling und klar wie der Himmel und das Wasser im See.

Der Herzog hatte plötzlich das Gefühl, ein Verbrechen angezettelt zu haben.

„Ich wollte nur Ihr Bestes", sagte er, als müsse er sich verteidigen.

„Sie sind so gütig, so unendlich gütig", entgegnete Lady Alvina. „Ich hoffe, Sie wissen, daß ich alles tun werde, was Sie von mir verlangen, aber bitte lassen Sie mich hier bleiben. London hat bestimmt seine Reize und seinen Charme, aber hier im Schloß bin ich zu Hause. Hier bin ich glücklicher, als ich es sonstwo sein könnte."

„Wir sprechen später noch einmal darüber", wich der Herzog aus. „Jetzt will ich erst einmal sehen, was sich alles verändert hat."

„Bitte zuerst den großen Festsaal!" Lady Alvina nahm den Herzog an der Hand und zog ihn aus dem Salon. „Sie werden staunen!"

Zum Abendessen trug Alvina eines ihrer neuen Kleider und kam sich wie eine Märchenprinzessin vor.

Es war aus weißem Organza und nach der letzten Mode am Saum mit Blüten und Rüschen verziert.

Auch auf die Puffärmel und den Ausschnitt waren Blüten aufgenäht, die ihrer zarten blassen Haut schmeichelten.

Als sie vor dem Abendessen in den Salon gekommen war, hatte der Herzog sie kritisch gemustert und war sehr zufrieden gewesen. Dieses liebreizende Mädchen in London auf Gesellschaften und Bälle zu begleiten, mußte die reinste Freude sein.

Niemand würde ihm absprechen wollen, daß Alvina eine Schönheit war.

Sie sah völlig anders aus als die Frauen, mit denen er bisher in Berührung gekommen war. Von zwar klassischer, aber sehr ungewöhnlicher Schönheit, hatte sie die Ausstrahlung des Unberührten, der Vergeistigten.

Es war schwer in Worte zu fassen, doch er empfand bei ihrem Anblick etwas, was er schon als Kind empfunden hatte.

Er hatte damals geglaubt, die Ideale seiner Vorfahren auf Schritt und Tritt zu spüren und direkt mit ihrem Anstand, ihrem Ehrgefühl und ihrer Ritterlichkeit konfrontiert zu sein.

Seine Cousine schien diese Ideale noch in sich zu tragen und daraus ihre Schönheit zu speisen.

Er hatte sich längst daran gewöhnt, daß die Frauen, die ihm bisher begegnet waren, nur ein Ziel verfolgt hatten – seine Begierde zu wecken.

Alvina brachte ihm andere Gefühle entgegen. Sie sah ihn bewundernd an, hörte ihm aufmerksam zu und war sichtlich glücklich in seiner Gesellschaft.

Sie wußte nicht zu flirten, versuchte nicht mit allen Mitteln, das Gespräch auf die eigene Person zu bringen und trachtete nicht danach, ihm wie zufällig über den Arm zu streichen oder die feuchten Lippen auffordernd zu ihm zu erheben.

Was sie erzählte, entsprach den Tatsachen, doch sie erzählte es auf so amüsante, spannende Weise, daß der Herzog ihr stundenlang ohne Langeweile hätte zuhören können.

Als sie vom Tisch aufstanden und in den Salon gingen, in dem es nach Kerzenwachs und Blumen duftete, schien plötzlich alle Freude von ihr abzufallen.

„Ich . . . ich muß Ihnen etwas berichten“, sagte sie, nachdem sie sich gesetzt hatte.

„Nämlich?“ fragte der Herzog.

„Cousin Jason war heute da.“

„Wie bitte?“

„Ja. Und er war sehr verärgert und verbittert.“

Der Herzog nickte.

„Ich nehme an, daß er auf dem Weg nach Dover gewesen ist. Ich habe von ihm verlangt, daß er England verläßt.“

„Er war außer sich.“

„Das kann ich mir denken. Ich habe seine Schulden bezahlt – astronomische Summen – und ihm gesagt, daß er einen jährlichen Unterhalt bekommt, wenn er das Land verläßt und sich mindestens fünf Jahre nicht mehr sehen läßt.“

„Das ist bestimmt sehr großzügig von Ihnen, er war aber trotzdem sehr aufgebracht.“

„Hat er Sie in irgendeiner Weise verletzt?“ fragte der Herzog in scharfem Ton.

„Insofern, als er Sie verflucht hat, Cousin Ivar.“

Der Herzog lachte.

„Das erstaunt mich nicht. Mein Freund Gerald Chertson hat mir vorausgesagt, daß von diesem Menschen kein Dank zu erwarten ist.“

„Er haßt Sie, und ich habe Angst, daß er Ihnen etwas antut.“

„Machen Sie sich meinetwegen keine Sorgen, Alvina“, wehrte der Herzog lächelnd ab. „Ich kann mich wehren. Schließlich habe ich nicht Jahre des Kampfes gegen Napoleons Soldaten überlebt, um mich von dieser Ratte beseitigen zu lassen."

„Ratten in Not können gefährlich sein", sagte Alvina.

„Jason ist nicht in Not", entgegnete der Herzog. „Einer der Gründe, warum ich so lange in London gewesen bin, waren zahllose Gläubiger, die ich zufriedenstellen mußte. Da er sein Geld vierteljährlich ausbezahlt bekommt, was bereits in Auftrag gegeben ist, wird er nicht verhungern."

„Trotzdem habe ich Angst um Sie."

„Ich werde es nicht zulassen, daß Jason unangenehm wird, also vergessen wir ihn und sprechen über erfreulichere Themen."

Er sah, daß Alvinas Blick immer noch bewölkt war und lächelte.

„Ich finde es natürlich lieb von Ihnen", fügte er hinzu, „daß Sie sich meinetwegen Gedanken machen, aber es wäre mir lieber, wenn Sie auch einmal über sich sprechen würden."

Alvina sah den Herzog flehentlich an.

„Bitte nicht heute abend", sagte sie. „Ich werde ganz bestimmt über London nachdenken, ich verspreche es Ihnen."

„Gut, aber wir müssen irgendwann zu einem Entschluß kommen. Ich will wirklich nur Ihres Bestes, Alvina."

„Schon, aber Sie wissen doch, wie ich fühle."

„Sprechen wir morgen darüber", sagte der Herzog. „Da ich in London meistens sehr spät zu Bett gekommen bin, und Sie wahrscheinlich auch einen langen Tag hinter sich haben, schlage ich vor, daß wir uns zurückziehen. Vorher aber noch ganz schnell eine Frage – wie geht es Mrs. Richardson?"

„Nicht besonders gut", antwortete Alvina. „Sie muß seit zwei Tagen das Bett hüten, wird aber bestens versorgt. Ich hoffe sehr, daß sie morgen wieder aufstehen kann."

„Das hoffe ich auch. So, und jetzt wünsche ich Ihnen eine angenehme Nachtruhe, Alvina. Ich schlage vor, wir treffen uns morgen um halb acht in der Halle, damit wir vor dem Frühstück noch eine Stunde ausreiten können."

„Das ist eine fabelhafte Idee!" rief Lady Alvina. „Ich freue mich seit Tagen darauf, Sie auf dem ‚Schwarzen Ritter' durch den Park reiten zu sehen."

Der Herzog sah sie erstaunt an.

„Auf dem ‚Schwarzen Ritter'?" wiederholte der Herzog. „Ist das der Name meines neuen Hengstes?"

Alvina lächelte verlegen.

„Ich habe mir einfach erlaubt, ihn so zu taufen", gestand sie. „Er hatte einen gräßlichen Namen, der weder zu ihm noch zu Ihnen gepaßt hat."

Der Herzog lachte.

„Gut, dann heißt er jetzt eben ‚Schwarzer Ritter', und ich werde Ihnen irgendwann erzählen, warum der Name so passend ist."

„Nein, bitte jetzt", drängte Alvina.

„Morgen", versprach der Herzog. „Ich bin wirklich todmüde."

„Und noch einmal vielen, vielen Dank für die wunderschönen Kleider."

„Warten Sie ab, es kommen noch mehr."

Zwei weitere Kleider mußten in den nächsten Tagen geliefert werden. Den Rest hatte er anfertigen lassen wollen, wenn seine Cousine in London war.

Nun allerdings fragte er sich, ob die getroffenen Arrangements nicht doch wieder abgesagt werden mußten.

Der Herzog verbannte das Problem aus seinen Gedanken, nahm Lady Alvinas Arm und führte sie die Treppen hinauf.

„Schlafen Sie gut“, sagte der Herzog, als sie in der Halle im ersten Stock angekommen waren. „Und machen Sie sich bitte keine unnötigen Gedanken. Ich verspreche Ihnen, daß ich Sie zu nichts zwingen werde.“

Sie sah dankbar zu ihm auf, als er ihre Hand nahm.

„Sie sind so gütig“, sagte sie. „So unendlich gütig.“

„Und ich danke Ihnen für alles, was Sie getan haben, Alvina. Gute Nacht.“

Alvina lag in der Dunkelheit und konnte nicht einschlafen.

So viel war in den letzten Tagen geschehen, doch so richtig konnte sie sich erst darüber freuen, seit der Herzog zurück war.

Er ist wieder da, jubelte es in ihrem Herzen. Lieber Gott, mach, daß er lange bleibt.

Sie hätte ihn gerne gefragt, warum er nachts immer so spät ins Bett gekommen war, hatte sich aber nicht getraut.

Sie nahm an, daß er mit aufregenden hübschen Frauen zusammen gewesen war, die ihn bezauberten und fesselten, wie sie es nie fertigbringen würde, weil sie so wenig von allem wußte.

Der Herzog hatte ihnen mit Sicherheit viele Komplimente gemacht und sie beim Abschied geküßt.

Alvina war noch nie geküßt worden. Von Ivar geküßt zu werden, mußte wundervoll sein. In etwa so, als berühre einen ein Sonnenstrahl oder ein Stern.

Als er ihre Hand geküßt hatte, hatte sie ein Beben im ganzen Leib verspürt. Die Berührung seiner Lippen hatte ihr fast den Atem geraubt, und sie war schnell in ihr Zimmer verschwunden, um ihre Verwirrung zu verbergen.

Wie kann ein Mann über Nacht alles völlig verändern, dachte sie. Wo er auftaucht, sind die Menschen plötzlich glücklich und zufrieden.

Und dann plötzlich, als krieche eine Schlange in ihr Zimmer, hörte sie Jasons Stimme. Sie hörte den Haß, der aus ihr schwang und sah das Böse in seinem Blick.

Er wünschte dem Herzog den Tod, weil er an dessen Stelle treten und das Schloß besitzen wollte.

Beim bloßen Gedanken daran hätte Alvina am liebsten aufgeschrien.

Jason war nur hinter Besitz und Geld her, das er für sich ganz allein zu verschwenden gedachte.

Er durfte nicht der sechste Herzog von Harlington werden!

In ihrer Not begann Alvina zu beten.

„Lieber Gott, beschütze ihn, halte deine Hand über ihn und lasse es nicht zu, daß Jason ihm etwas Böses antut."

Während sie noch betete, hatte sie plötzlich ein Bild vor Augen, das sie zutiefst erschreckte.

Als sie die Treppe hinaufgekommen war, war Jason vor den Gemächern des Herzogs gestanden und sie hatte sich gefragt, warum die Diener ihr seinen Besuch nicht gemeldet hatten.

Sie hatten es nicht getan, weil sie nichts davon gewußt hatten!

Da Jason als Kind oft im Schloß gewesen war, kannte er jeden Winkel und wußte, daß es ein Dutzend Möglichkeiten gab, sich heimlich Zugang zu verschaffen.

Als führe sie eine unsichtbare Hand zurück in die Vergangenheit, sah sie ihren Bruder Richard, Cousin Ivar und einen dritten Jungen am Turm hochklettern.

Der Turm, der noch aus dem Mittelalter stammte, war aus groben Steinen gebaut, die an vielen Stellen vorstanden und einen sicheren Tritt für Kletterer boten.

Sie hörte die Stimme ihres Bruders, als halle ihr Echo durch viele Jahre.

„Ich habe gewonnen! Ich habe gewonnen! Jetzt schuldest du mir einen Riegel Schokolade, Jason!“

Lady Alvina fuhr in die Höhe. Das Herz schlug ihr bis zum Hals hinauf.

7

Sie nahm sich nicht einmal die Zeit, eine Kerze anzuzünden. Die Angst trieb sie barfuß durch den langen Gang.

Sie wagte kaum zu atmen, als sie die Tür zum Ankleideraum des Herzogs öffnete und hineinschlüpfte.

In einem Wandleuchter brannte eine Kerze. Ohne zu klopfen, schob sie leise die Tür auf.

Der Herzog hatte die Vorhänge nicht zugezogen, und die Nacht draußen war so mondhell, das silbriges Licht das Zimmer durchflutete.

Die Angst schnürte Alvina das Herz zusammen. Hoffentlich kam sie nicht zu spät.

Sie wußte plötzlich, daß sie ihn liebte.

Als er sich regte, hätte sie jubeln können.

„Alvina! Was ist denn um Gottes willen los?"

Der Herzog glaubte zu träumen.

„Es . . . es ist wegen Jason", flüsterte Alvina.

Der Herzog setzte sich auf.

„Wegen Jason?" wiederholte er.

„Ja, ich weiß, daß er Sie töten will."

Der Herzog sah Alvina an. Ihre Augen waren weit aufgerissen, und sie zitterte am ganzen Körper.

„Ich hätte Ihnen alles erzählen sollen", fuhr sie fort. „Ich habe ihn hier vor Ihren Gemächern ertappt. Er ist nicht durch die Halle ins Schloß gekommen."

„Das verstehe ich nicht."

„Können Sie sich erinnern? Sie und Richard sind doch manchmal außen am Turm hochgeklettert, und Mama und Papa waren entsetzt, wenn sie davon erfuhren. Ich weiß noch genau, wie Papa einmal gesagt hat, wenn sie diesen Unsinn schon nicht lassen könnten, dann sollten sie wenigstens nicht wieder außen herunterklettern, das sei zu gefährlich, sondern durch die Falltür in den Turm steigen und über die Treppe herunterkommen."

„Und Sie glauben, daß sich Jason auf diese Weise Einlaß verschaffen und mich im Schlaf töten will?"

„Ich bin überzeugt davon", antwortete Alvina mit bebender Stimme. „Bitte Ivar, ich weiß, daß er es vorhat. Ich spüre, wie das Böse näher und näher kommt."

Jasons Worte klangen ihr in den Ohren: *Auf die Zukunft und den Moment, wo man uns mitteilt, daß der Herzog tot ist. Lang lebe der neue Herzog.*

„Stehen Sie auf!" drängte sie. „Bitte, stehen Sie auf. Ich hatte schon solche Angst, daß ich zu spät komme und Sie nicht mehr warnen kann."

„Gut, warten Sie draußen. Ich bin in zwei Sekunden fertig."

Lady Alvina ging in den Ankleideraum zurück, in dem inzwischen die Kerze erloschen und es stockdunkel war.

Sie ließ die Tür zum Schlafzimmer des Herzogs einen Spalt offen, und hörte ihn daher hastig hin und hergehen.

Erst in diesem Augenblick wurde sie sich bewußt, daß sie lediglich ein Nachtgewand trug.

Da sie sich in ihrem neuen Kleid wie eine Märchenprinzessin vorgekommen war, hatte sie beim Zubettgehen nicht in das alte Nachthemd schlüpfen wollen, das eines der Zimmermädchen für sie bereitgelegt hatte.

Sie war zur Kommode gegangen und hatte das fast nagelneue Nachthemd herausgeholt, das noch von ihrer Mutter stammte und das sie wie einen kostbaren Schatz gehütet hatte.

Ihre Mutter hatte es während der Hochzeitsreise nach Venedig von ihrem Vater geschenkt bekommen und es nur zwei- oder dreimal getragen.

Es war aus lachsfarbener Seide und an Saum und Ausschnitt mit silbergrauer Spitze eingefaßt.

Alvina hatte es übergestreift, weil sie gehofft hatte, dadurch die festliche Stimmung, die sie während des ganzen Abends verspürt hatte, festhalten zu können.

Jetzt allerdings fürchtete sie, daß der Herzog sie für frivol halten könnte.

Zum Glück hatte sie sich wenigstens noch schnell den wollenen Schal um die Schultern geworfen.

Aus ihrem Morgenmantel war sie schon vor Jahren hinausgewachsen, und ihr Vater hatte sich geweigert, ihr Geld für einen neuen zu geben.

Nervös knotete sie den Schal über der Brust zusammen und zog ihn im Rücken so weit wie möglich herunter.

Wenn nur alles gut ging!

Sie erinnerte sich daran, daß ihre Mutter an der Falltür Riegel hatte anbringen lassen, nicht nur innen, sondern auch außen.

Wenn sie es schaffte, die Falltür von innen zu verriegeln, konnte Jason dem Herzog nichts anhaben.

„Schnell!“ rief sie in ihrer Not durch den Türspalt. „Bitte beeilen Sie sich doch!“

In diesem Moment ging die Tür auf, und der Herzog stand vor ihr.

Er trug eine schwarze Kniehose und ein weites Leinenhemd und sah in ihren Augen wie ein Ritter aus dem Mittelalter aus.

„Ich glaube zwar, daß Ihre Phantasie mit Ihnen durchgegangen ist, Alvina“, sagte er, „aber Ihnen zuliebe werde ich die Falltür von innen verriegeln. Sie machen sonst die ganze Nacht kein Auge zu.“

„Vielen Dank“, hauchte Alvina. „Aber bitte, wir müssen uns beeilen.“

Sie wollte nicht drängen, aber sie spürte mit jeder Faser ihres Körpers, wie das Böse, das Jason ausstrahlte, immer näher kam.

Am Ende des langen Ganges führte eine Tür in den Turm. Als der Herzog feststellen mußte, daß sie nicht abgeschlossen war, wurde er nachdenklich.

Sollte Alvinas Angst berechtigt sein?

Er stieg ihr voran die steinernden Stufen der Wendeltreppe hinauf.

Durch die schmalen Schlitze im Mauerwerk drang gerade so viel Mondlicht, daß sie sich nicht jeden Tritt ertasten mußten.

Da Alvinas Gedanken nur dem Herzog galten, spürte sie weder die Kälte, noch den rauhen Stein unter ihren nackten Füßen.

Als der Herzog sah, daß die Falltür geschlossen war, drehte er sich zu ihr um.

„Ihre Angst war grundlos, Alvina“, sagte er.

Während er noch sprach, griff er nach oben.

Der Riegel war nicht vorgeschoben!

Er stieß die Tür auf, und Mondlicht ergoß sich über ihn und Alvina. Sie wollte ihm zurufen, daß er doch um Gottes willen den Riegel zuschieben sollte, aber der Herzog war bereits aufs Dach gestiegen und reichte ihr die Hand, um sie nachzuziehen.

Einen Moment später standen sie beide auf den leicht abschüssigen bleiernen Dachplatten.

„Wie lange ich nicht mehr hier oben gewesen bin", sagte der Herzog. „Ich hatte völlig vergessen, wie hoch der Turm ist. Bei Tageslicht hat man hier einen prachtvollen Ausblick."

Er ging zum Rand und sah auf das Tal hinunter, das wie versilbert in sanfte, bewaldete Hügel eingebettet war.

Im selben Augenblick hörte Alvina auf der anderen Seite des Turms ein Geräusch und sah den Kopf eines Mannes auftauchen.

Ein Angstschrei entrang sich ihrer Kehle.

Ehe der Herzog sich umdrehen konnte, schwang sich Jason Harling über die Brustwehr.

„Welch ein Empfang!" sagte er in sarkastischem Ton. „Sollte unsere naseweise Cousine erraten haben, daß ich dir heute nacht einen Besuch abstatten wollte, Ivar?"

„Was hast du hier zu suchen, Jason?" entgegnete der Herzog. „Ich wähnte dich in Dover."

„Du kannst mich morgen früh dort wähnen. Kaum angekommen, werde ich die traurige Kunde verbreiten, daß mein werter Cousin, der Herzog von Harlington, während der vergangenen Nacht tödlich verunglückt ist."

Mit einem Ruck zog er einen langen Dolch.

Alvina stieß einen Schrei des Entsetzens aus.

Der Herzog jedoch sah seinen Cousin nur verächtlich an.

„Bildest du dir etwa ein, du kannst mich ermorden und ungestraft davonkommen, Jason?“ fragte er. „Du wirst hängen für dein Verbrechen.“

„Wie kann ein Mensch nur so dumm sein!“ höhnte Jason. „Du hättest gemütlich in deinem Bett sterben können, aber nein – was tust du? Du steigst auf den Turm und bringst auch noch diese lästige Gans von Alvina mit. Das, mein Lieber, war ein grober Fehler.“

„In deinen Augen mit Sicherheit“, entgegnete der Herzog. „Verbrecher hassen Zeugen.“

Seine Worte klangen überlegen, doch seine Gedanken rasten. Er mußte eine Möglichkeit finden, Jason gefechtsunfähig zu machen, ohne dabei verwundet zu werden.

Der Herzog hatte noch nie einen Gegner unterschätzt und wußte genau, wie leichtsinnig es von ihm gewesen war, unbewaffnet auf den Turm zu steigen.

„Du sprichst von Zeugen?“ Jason lachte. „Während du dir den Dolch in die Brust stößt, wird Alvina vor Schreck einen ungeschickten Schritt tun und über die Brüstung in die Tiefe stürzen, die Arme. Daß man auf dem Dolch nur deine Fingerabdrücke finden wird, versteht sich von selbst.“

„Sehr schlau ausgedacht“, spottete der Herzog. „Aber meistens gehen zu fein ausgeklügelte Pläne schief. Ich warne dich, Jason. Ich werde kämpfen wie ein Löwe. Um mein Leben, und vor allem darum, daß du nicht mein Nachfolger wirst.“

Jason stieß ein unmenschliches Lachen aus.

Ohne seinen modischen Putz – er trug ebenfalls nur ein Hemd – war er ein erstaunlich kräftiger Mann, der sich mit dem Herzog durchaus messen konnte.

Als Alvina seine Muskeln sah, fing sie instinktiv an zu beten.

„Lieber Gott, schütze ihn“, bat sie mit geschlossenen Lippen. „Laß ihn leben, bitte laß ihn leben!“

Sie fürchtete die Besinnung zu verlieren, griff nach der Brüstung, um sich festzuhalten und spürte einen harten Gegenstand unter den Fingern.

Es war kein Stein, wie sie zuerst geglaubt hatte, sondern eine aus Stein gemeißelte Hand, die von einer der Figuren abgefallen sein mußte, die das Dach des Hauptflügels zierten.

Als sich ihre Finger darum schlossen, wußte sie, was sie tun mußte.

Die beiden Männer maßen sich immer noch mit Blicken. Alvina ahnte, daß der Herzog seinen Cousin anspringen und versuchen wollte, ihn zu Boden zu reißen, ehe er mit dem Dolch zustoßen konnte.

„Wirf die Waffe weg, Jason“, forderte der Herzog ihn auf. „Laß uns vernünftig miteinander reden. Wenn du es verlangst, bin ich bereit, deinen Unterhalt zu erhöhen.“

„Ich pfeife auf dein Geld!“ zischte Jason. „Ich will den Titel und den werde ich auch bekommen. Dann bin *ich* Familienoberhaupt, *ich* – Jason Harling, den ihr alle verachtet und der euch haßt.“

Er hob den Dolch, als wolle er sich auf den Herzog stürzen und ihm eine Ende bereiten.

Alvinas Angst war so groß, daß sie zu keinem klaren Gedanken mehr fähig war. Instinktiv holte sie aus und warf die steinerne Hand mit einer Kraft nach ihm, deren sie sich nie für fähig gehalten hätte.

Der Stein traf Jason an der rechten Schläfe. Der Angriff kam so unerwartet, daß er das Gleichgewicht verlor und ihm die Beine unter dem Leib wegrutschten.

Er ließ den Dolch fallen, wollte sich an der Brüstung festhalten, stolperte und stürzte kopfüber in die Tiefe.

Alvina stieß einen Schrei aus, warf sich an den Herzog und barg das Gesicht an dessen Brust.

Sie zitterte so heftig, daß er die Arme um sie legte und sie stützte.

„Beruhige dich, Liebes", sagte er. „Du hast mir das Leben gerettet. Er wird uns nichts mehr anhaben können."

Alvina hob den Kopf und sah verwirrt zu ihm auf.

Schweigend zog der Herzog sie an sich und küßte sie.

Sein Kuß versetzte Alvina in nie gekannte Welten. Ihre geheime Sehnsucht fand in ihm seine Erfüllung. Seine Nähe, der Schutz seiner Arme, das Geschenk, daß er lebte, durchfluteten sie in einem Glücksgefühl, das ihr die Sinne zu rauben drohte. Sie glaubte sich in einem Himmel, in dem es nur sie und den Herzog gab.

Auch ihm erging es so. Nach all den Jahren des Suchens hatte er endlich gefunden, was er sich erträumt hatte.

Die Gefühle, die sie in ihm erweckte, waren so schön und so berauschend, Gefühle, wie er sie nie für eine andere Frau empfunden hatte.

Sie waren Teil der Ritterlichkeit, die bisher seinen Weg bestimmt hatte und ihn weiter bestimmen sollte.

Sein sehnlichster Wunsch war in Erfüllung gegangen – er hatte die Frau gefunden, mit der er bis an das Ende seiner Tage zusammen sein wollte.

Seine Liebe zu Alvina war so groß, daß er sie nicht mehr als Geheimnis für sich behalten konnte.

„Mein geliebtes Wesen", flüsterte er ihr zu. „Ich liebe dich."

„Du liebst mich?" Ein Lächeln verklärte ihr Gesicht. „So sehr wie ich dich? Eben wurde es mir klar – wenn dir etwas zugestoßen wäre, ich hätte nicht ohne dich weiterleben können. Hast du wirklich gesagt, daß du mich liebst?"

„Ja", antwortete der Herzog. „Ich liebe dich mit meinem ganzen Herzen, meinem Körper und meiner Seele. Du hast mir das Leben gerettet."

Alvina sah mit strahlenden Augen zu ihm auf.

„Du bist das Wesen meines Seins, ich wußte, daß Gott mein Gebet erhört und mir sagt, was ich tun muß."

Ihre beinahe andächtigen Worte erinnerten ihn daran, daß sie immer noch auf dem Dach des Turmes standen.

„Komm, laß uns von hier weggehen", sagte er.

„Ich werde immer daran denken müssen, daß du mich hier zum erstenmal geküßt hast. Der Mond und die Sterne sind unsere Zeugen, Zeugen einer Liebe, die mich zum glücklichsten Menschen der Erde macht."

„Ich liebe dich", sagte der Herzog. „Ich schwöre bei

Gott, daß ich dich liebe, wie ich noch nie einen Menschen geliebt habe."

Nach diesen Worten bückte sich der Herzog, hob den Dolch auf und warf ihn in die Nacht hinaus.

„Damit sind Gemeinheit und Gefahr ein für allemal gebannt, und wir können in Frieden und Zuversicht mit denen leben, die uns vertrauen und hoffentlich wissen, daß wir sie nie im Stich lassen werden."

Einen Arm um Alvinas Schultern gelegt, stieg der Herzog mit ihr in den Turm zurück. Er zog die Falltür über sich zu, verriegelte sie jedoch nicht.

Er und Alvina hatten nichts mehr zu befürchten. Das Böse, das ihr Glück bedroht hatte, lag tot und zerschmettert am Fuße des Turmes.

Die Tür zu den Gemächern des Herzogs stand noch auf. Er führte Alvina in sein Schlafzimmer und trat mit ihr vor das Fenster.

Im See unter ihnen spiegelte sich der Mond.

Alvina stieß einen Seufzer aus.

„Jetzt brauchen wir nie wieder Angst zu haben", sagte sie leise.

„Nie wieder", wiederholte der Herzog. „Ich werde dich beschützen und dir jeden Wunsch von den Augen ablesen, denn meine Frau soll nur Glück kennen."

„Deine Frau?" fragte Alvina und hob langsam das Gesicht zu ihm auf. „Liebst du mich so sehr, daß du mich zu deiner Frau machen willst?"

„Ich liebe dich so sehr, daß ich dich nicht nur zu meiner Frau machen will", antwortete der Herzog. „Du sollst meine Göttin sein. Du bist die Verwirklichung des Traumes, den ich in meinem Herzen getragen habe."

Er legte die Arme um sie und zog sie an sich.

„Ich habe Welten nach dir abgesucht, mein Engel", fuhr er fort. „Jetzt, wo ich dich endlich gefunden habe, werde ich dich nie wieder von mir weglassen. Du gehörst zu mir wie der Schlag meines Herzens. Du wirst nicht nach London gehen und dort von allen als die Schönste gerühmt werden. Du wirst hier bei mir auf dem Schloß bleiben und mein ganzes Glück bedeuten."

„Ich darf bei dir bleiben? O Ivar, ich kann es immer noch nicht fassen, daß du mich liebst."

„Ich werde dir meine Liebe beweisen."

„Aber wie? Wie werde ich dir meine Liebe beweisen können? Du hast so viele schöne Frauen in London und Paris gekannt und findest mich vielleicht bald schon langweilig."

Der Herzog lächelte.

„Ich werde deiner nie überdrüssig sein. Ich werde dich immer lieben wie am ersten Tag. Du gehörst mir, und wenn du je aufhören solltest, mich zu lieben, wird mein Leben keinen Sinn mehr haben."

„Ich könnte nie aufhören, dich zu lieben, Ivar. Wie ein Ritter bist du in mein armseliges Leben getreten und hast mir die Erfüllung gebracht. Du hast um unser Glück gekämpft und uns befreit."

„Nein, Alvina", sagte der Herzog ernst. „Du bist es gewesen, die uns befreit und unser Glück verteidigt hat. Aber wir wollen nie wieder davon sprechen. Jason ist tot. Er hat es nicht anders verdient und ich möchte nicht, daß du dir je einen Vorwurf machst. Gott hat deine Hand geführt und was Gott tut, hat seinen Segen."

Der Herzog küßte Alvina, bis sie glaubte, das Licht des Mondes im Herzen und in der Seele zu spüren.

„Ich liebe dich“, flüsterte sie. „Ich liebe dich. Gott helfe mir, dich glücklich zu machen.“

„Ich bin bereits glücklicher, als ich es je in meinem Leben gewesen bin. Unser Glück soll auf alle Menschen ausstrahlen, mit denen wir zusammentreffen und soll Einzug in ihre Herzen halten.“

Er küßte ihre Stirn, ihre schmale Nase, ihr Kinn und ihren Nacken.

„Ich liebe dich, Alvina“, sagte er und sah ihr tief in die Augen. „Wann darf ich dich zu meiner Frau machen?“

„Bitte bald“, antwortete Alvina. „Können wir hier heiraten, in der Schloßkapelle?“

„Aber natürlich. Wir brauchen kein großes Fest. Wir wollen vor allem von denen umgeben sein, die im Schloß gelebt haben und im Schloß gestorben sind.“

„Wie ist es möglich, daß du denkst wie ich, Ivar?“ fragte Alvina voll Freude. „Wie kannst du empfinden wie ich und dasselbe wünschen?“

„Die Antwort darauf ist leicht, mein geliebtes Wesen. Weil wir eins sind. Wenn du meine Frau bist, wirst du verstehen, was ich damit meine. Nur mit dir werde ich vollkommen sein, und du nur mit mir. In der Vereinigung unserer Liebe werden unsere Seelen ineinander verschmelzen.“

Als er sie wieder küßte, tat sich für Alvina der Himmel auf. Von derselben Leidenschaft erfaßt, die in seinem Körper loderte, glaubte sie mit ihm zusammen in Sphären zu entschweben, in denen es nie Neid und Haß gegeben hatte.